월정리 역

월정리 역

펴 낸 날 2019년 11월 25일

지 은 이 이귀란
펴 낸 이 이기성
편집팀장 이윤숙
기획편집 윤가영, 정은지, 한솔
표지디자인 윤가영
책임마케팅 강보현, 류상만
펴 낸 곳 도서출판 생각나눔
출판등록 제 2018-000288호
주 소 서울 잔다리로 7안길 22, 태성빌딩 3층
전 화 02-325-5100
팩 스 02-325-5101
홈페이지 www.생각나눔.kr
이 메 일 bookmain@think-book.com

• 책값은 표지 뒷면에 표기되어 있습니다.
ISBN 979-11-7048-003-7(03810)

• 이 도서의 국립중앙도서관 출판 시 도서목록(CIP)은 서지정보유통지원시스템 홈페이지(http://seoji.nl.go.kr)와 국가자료공동목록시스템(http://www.nl.go.kr/kolisnet)에서 이용하실 수 있습니다(CIP제어번호: CIP2019046962).

※ 이 책은 충북문예진흥기금의 지원을 받아 제작되었습니다.

월정리역

귀란 중편소설

| 차례 |

1부 | 월정리 역

2부 | 대한민국 통일 중

1부

월정리 역

1. 월정리역

월정리 역사의 빈 철로에는 부드러운 바람만이 서성입니다. 억겁의 세월을 바람은 제 길을 가고 또 옵니다. 때로는 갓 태어난 오월의 병아리인 양, 때로는 엄마의 가슴인 양, 또 먼 옛날에는 총탄인 양 그렇게 바람은 불고 어디론가 사라져 갑니다. 가로세로 대여섯 걸음이나 될까 말까 한 작은 역사의 높은 하늘에서는 두루미의 날갯짓이 한창입니다.

차가운 북풍이 남쪽으로 불어오고, 남쪽에서 만들어진 순한 바람이 북쪽으로 가는 월정리 역사의 마당 한편에는 철원 두루미관이 피난 가다 손 놓쳐 허둥대는 누이인 양 뛔똥하게 서 있습니다. 3층 건물의 옥상에는 피뢰침이 하늘로 뻗어 있습니다. 그 아래에서 한 쌍의 두루미가 긴 목을 서로 기댄 채 망중한을 보내고 있습니다. 가끔은 한 발을 들어 날개를 푸드덕거리기도 하고 날개의 깃 속으로 서로의 얼굴을 묻고 심장의 고동 소리를 들으며 시간을 보내기도 합니다. 그러는 사이 더러는 앞산 부엉이의 잠꼬대 소리가 들리기도 하고, 논둑 밭둑으로 연신 드나들던 새끼 두더지가 엄마 찾느라 끼끼거리는 소리가 들리기도 합니다. 처음으로 세상 구경 나온 새끼 두더지가 얼굴을 내밀고 호기심 어린 눈으로 사방을 살피다 호로록 들어가 땅속에서 기어가는 모습이 선명하게 도드라져 보입니다.

소이산 부근에서 시작된 살랑 바람이 게으름 피우는 꽃송이를 흔들어 활짝 피우기도 하고, 아직도 떨어지지 못하고 가지에 붙어있는 묵은 나뭇잎을 흔들어 쓸어가기도 합니다. 가끔은 자동차가 한 무리의 사람들을 내려놓으면 휘리릭 둘러보다 후르륵 떠나기도 하고, 그때 남겨진 어수선함을 바람은 또 성실하게 몰고 어디론가 쓸어갑니다. 사방은 고요하기만 합니다. 다리가 긴 두루미들은 서로의 몸을 성실하게 쪼아줍니다. 간혹 살랑 바람에 오월 향기가 실려오면 어디에선가 식탁에 둘러앉은 가족의 숟가락질 하는 소리와 끊일 듯 말 듯 이어지는 이야기 소리가 들리는 듯도 합니다.

오월의 숲 멀리로부터 습한 바람이 나뭇잎을 휘감더니 이내 비를 입힙니다. 스삭스삭 쏘삭쏘삭 천천히 가늘게 비가 내립니다. 들판에 머물던 바람이 빗줄기에 잘게 부서져 꼬리를 남기며 사라집니다. 빛바랜 들판의 냄새가 묻어오는가 싶더니 이제 막 피어난 봄꽃의 향기가 흙내와 함께 전해옵니다. 어느새 저 멀리 북쪽에서 후드득거리며 빗줄기가 달려옵니다. 성질 급한 빗줄기는 서서히 굵어지면서 두루미의 등으로도 떨어집니다. 오월 들판의 적막을 깨우는 빗줄기에 한 쌍의 두루미는 서서히 날아올라 월정리 역사를 한 바퀴 날아 다시 돌아옵니다.

"두루루 뚜루루."

"타 르르우."

빗소리를 뚫고 들리는 소리는 분명 두루미의 울음소리입니다. 피를 토하듯 울부짖는 소리에 두루미 부부는 안절부절 못하다 하늘로 날아올랐습니다. 두루미의 울부짖는 소리는 백마고지역을 지나 신탄리역까지, 그리고 평강역을 지나 멀리 세포역까지 끊일 듯 말듯 이어집니다. 철원평야의 예서제서 봄을 맞이하는 두루미들은 울려 퍼지는 울음소리에 위로라도 하는 듯 월정리역의 낡은 기차 위를 선회하고 다시 하늘 높이 날아오르기를 반복합니다.

어디에서 살고 있었는지 수많은 두루미들이 월정리의 역사 위로 철원 두루미관 위로 날개를 적시며 모여듭니다.

"뚜루루루."

누군가가 입을 열자 두루미들이 동시에 날아올라 백마 고지역을 넘어 더 먼 하늘로 하얗게 수를 놓으며 날아갔다 다시 날아오기를 반복합니다. 두루미들의 선회는 비가 그치고 석양이 질 때까지 계속되었습니다.

월정리역의 선로 위에는 골격만 남아 날이 갈수록 삭아 가는 기차가 있습니다. 북으로 갈 날만을 기다리다 애간장이 녹아 쌓인 녹슨 가루가 작은 봉우리를 이루고 있습니다. 머리는 북으로 달려갔는데 몸통은 아직도 머리를 향한 채 매운재가 되어 기다리고 있습니다.

2. 수루미의 첫사랑

수루미는 백마고지역의 벌판에서 자라 독립할 때가 되었지만, 부모 곁을 떠나지 않고 살고 있습니다. 더러는 소개팅을 해보기도 하고, 또래 친구들끼리 몰려다니며 벌판에 있는 클럽에서 춤을 추며 눈팅을 해보기도 하였지만, 그다지 마음을 사로잡는 여루미를 만나지 못하였습니다. 수루미는 친구들과 무리 지어 갈대숲이나 습지대를 찾아 먹이 활동을 하기도 하고, 하늘 높이 비행도 하며, 평화로운 나날을 보내고 있었습니다. 다른 친구들이 여두루미의 꽁무니를 좇으러 함께 가자고 끌어도 한 번도 마음에 동요가 일은 적은 없었습니다. 다양한 몸짓으로 춤을 추며 벌판을 휘돌거나 얕은 물가에서 시간 가는 줄 모르게 놀다 어른들에게 혼이 난 적도 많았지만 헛된 시간을 보내지는 않았습니다. 할머니의 잔소리를 듣는 일은 정말 짜증 나는 일이었습니다. 그런 다음 날이면 가족의 무리에서 이탈하여 홀로 강가를 거닐기도 하고 한반도의 끝에서 멀리 대륙으로까지 비행하다 돌아오기도 하였습니다. 한반도로 들어서서 속도를 줄이며 낮게 날으면 어머니의 깃속으로 드는 것만 같습니다.

부드러운 능선 하며 골짜기마다 옹기종기 모여 앉은 사람의 마을이며 그 아래로 흐르는 강과 평평하게 펼쳐진 들을 내려다보는 일은 평화롭기만 합니다. 얼음골짜기로 들어가 몸을 식히고 다시 날며 한반도를 떠나지 않는 이유가 바로 아기자기한 능선과 곳곳에 숨어 있는 비경 때문입니다. 끝없이 이어진 사막의 황량함과 달리 여기에서만이 느낄 수 있는 곡선의 아름다움과 그 안에 감추어진 다양한 먹거리가 수루미를 철원평야에 살게 하는 이유입니다.

"눈 덮인 벌판에 함부로 내려앉지 말거라. 험한 꼴 당할라."

중부전선을 넘나들며 비행을 할 때면 그 어느 때보다 어른들의 잔소리에 짜증이 납니다. 누랭이의 부모님은 중부전선 내의 철책선 근처에서 먹이 활동을 하다 지뢰가 터지는 바람에 그 자리에서 생을 달리하고 말았습니다. 누랭이는 가슴앓이가 얼마나 심했던지 털이 누렇게 변해서 붙여진 이름입니다. 아기일 때 부모를 잃은 누랭이는 지금의 부모님에게 입양되어 살아가는 친구입니다. 그래서 누랭이네 가족은 다섯 마리입니다.

계절이 바뀌어서 한반도로 내려오기만 하면 비행하는 내내 어른들은 잔소리를 늘어놓습니다. 정말 괴로운 시간의 연속입니다. 어른들은 했던 말 또 하고, 조금 전에 했던 잔소리 또 하는 바람에 무리를 벗어나 달아났다 온 적도 있었습니다.

"아무리 궁금해도 사람이 사는 곳으로는 가까이 가지 말거라."

어른들은 자신들의 경험이 최고인 양 잔소리를 늘어놓습니다. 수루미는 광활한 하늘을 날다 숲이나 들판으로 내려와 강물 속에 유영하는 물고기를 잡아먹는다거나 가을걷이 끝난 들판에서 곡식의 이삭으로 배를 채우기도 하고, 딱따구리가 파 놓은 구멍에서 애벌레를 잡아먹기도 하며 지내왔습니다.

며칠 전 친구들은 그룹을 지어 댄스파티를 연다며 몸단장에 들떠 있었습니다. 철원평야는 땅이 고르고 평평하여 소개팅이나 댄스파티를 할 때 몸매를 마음껏 자랑할 수 있는 곳입니다. 하지만 수루미는 떼를 지어 수선을 떨며 짝을 찾는 건 상대방을 잘 판단하기가 쉽지 않다는 생각입니다. 또 한 가지는 여자 친구가 생기면 어른들의 잔소리를 듣는 일이 더 많아질 것 같아 귀찮게 여기고 있었습니다.

그랬던 수루미가 그녀를 처음 본 곳은 토교저수지였습니다. 혼자 저수지에 발을 담그고 물살의 흐름에 몸을 맡긴 채 스치는 바람을 온 몸으로 즐기고 있을 때였습니다. 발목 사이로 물고기의 매끄러운 촉감이 스쳐 갑니다. 한 발을 들고 서서 발바닥 끝으로 전해오는 감각을 느끼며 봄맞이를 즐기고 있는데 어디선가 끊일 듯 말 듯한 울음소리가 들려왔습니다. 수루미는 살짝 긴장하고 가만히 두 귀를 곧추세웠습니다. 토교저수지 쪽에서 들려오는 소리임에 틀림이 없었습니다. 무슨 일인가 싶어서 소리 없이 날아가 살펴보았습니다. 총소리가 들리지도 않았고 독수리나 부엉이의 흔적도 보이지 않았습니다. 수루미는 토교저수지 위를 낮게 날았습니다.

거기에는 뜻밖에도 여루미 한 마리가 날개를 늘어뜨린 채 울고 있었습니다. 이상한 일입니다. 여루미의 쪼그려 앉은 자태와 울고 있는 모습을 본 수루미는 긴장이 풀어진 채 자기도 모르게 얼굴이 붉어졌습니다. 그러나 용기를 냈습니다. 서둘러 다가가 무슨 일이냐고 물었습니다. 그녀는 한 다리를 뻗은 채 앉아 울고 있었습니다.

"그만 울고 일어나 봐요."

여루미가 아무리 날개를 버르적거리며 날려고 애를 써도 일어서지 못하였습니다. 자세히 살펴보니 그녀의 발가락에 날카로운 유리 조각이 박혀서 피가 흐르고 있었습니다. 서둘러 부리로 유리를 쪼았습니다. 날짐승이 부리로 유리를 쪼는 일은 쉬운 일이 아닙니다. 자칫 잘못하여 부리를 다친다거나 유리 조각을 쪼는 순간 더 깊이 박히게 되기 때문입니다. 수루미는 괘념치 않았습니다. 위험을 무릅쓰고 용기를 내 유리를 빼냈습니다. 여루미는 날을 수 없었습니다. 발바닥에는 피가 고여 있었습니다. 그녀를 지켜보던 수루미가 잠시 고민하다 민가 쪽으로 날았습니다. 기와집이 있는 쪽으로 날아가 와송을 찾았습니다. 와송은 지혈작용을 한다는 말을 들었기 때문입니다. 몇 가닥의 잎사귀를 쪼아 물고 토교저수지로 갔습니다. 그리고 부리로 잘게 쪼아 그녀의 발바닥에 붙여주었습니다. 고개를 외로 틀고 한 발을 내민 채 앉아 있는 여루미의 모습은 아름다웠습니다. 시간이 지나자 조금 나아진 듯 순백색의 날개를 부드럽게 퍼덕이며 길가로 나와 앉았습니다. 수루미는 다시 한 번 용기를 내었습니다. 이번에는 나지막한 산으로 날개를 펼쳤습니다. 엉겅퀴를 찾아보려는 것입니다. 엉겅퀴 역시 지혈작용이 있다는 사실을 할머니에게 배웠기 때문이었습니다.

수루미는 깃대가 우뚝 솟아오른 엉겅퀴를 찾아 부리로 잎사귀를 쪼아 물고 여루미가 있는 곳으로 날았습니다. 와송을 쪼아 붙여준 것처럼 엉겅퀴도 부리로 잘게 쪼아 여루미의 발가락에 조심스럽게 붙여주었습니다. 그리고 그녀가 날을 수 있을 때까지 옆에 있어 주었습니다. 해가 어슷하게 비껴갈 무렵입니다. 그녀는 몇 번을 주춤거리더니 일어서서 고맙다고 인사를 하였습니다. 그러더니 날아보려고 양 날개를 푸드덕거렸습니다. 아직 날아지지 않았습니다. 기운이 없는지 양 날개를 늘어트리고 숨을 고르고 있었습니다. 수루미는 푸드덕 날아올라 숲으로 들어갔습니다. 지쳐있는 여루미에게 먹이가 필요하다는 걸 알기 때문입니다. 사방을 둘러본 수루미는 소나무의 옹이 속에 부리를 넣어 애벌레를 잡았습니다. 얼른 날아가 여루미에게 주었습니다. 여루미는 잠시 주춤하는 듯하더니 애벌레를 먹었습니다. 잠시 후 다시 힘을 내서 서서히 양 날개를 펼쳤습니다. 수루미가 얼른 다가가 잘 날을 수 있도록 날개를 툭툭 치면서 올려 주었습니다. 수루미는 그녀가 가족에게로 돌아갈 수 있도록 끝까지 도울 마음이었습니다. 수루미가 그녀를 데려다준 곳은 다름 아닌 월정리역의 녹슬어 삭아가는 기차

안이었습니다.

평강역을 오가며 자라난 수루미는 생전 처음 가슴에서 조용한 바람이 이는 것을 느꼈습니다. 월정리에 사는 여루미가 자꾸만 생각나는 것입니다. 아름다운 목선 하며 그녀의 고운 자태가 온종일 눈앞에 어른거리기만 하였습니다. 다른 생각을 할 수가 없었습니다. 시베리아로 홋카이도로 바람 따라 날다 다시 와도 그녀를 향한 마음이 변치 않았습니다. 그녀의 머리 위에 선명하게 드러난 붉은 무늬며 다소곳이 고개 숙인 목선의 수려함은 수루미로 하여금 밤잠을 뒤척거리게 하였습니다. 먹이 활동을 하기도 싫어졌고, 마음껏 하늘을 날며 세상을 여행하는 일도 시들해져 갔습니다.

안 되겠습니다. 수루미가 용기를 내기로 마음을 정하였습니다. 이른 아침 깊은 숲으로 들어가 맑은 옹달샘에 몸을 담그고 목욕을 하였습니다. 심장의 고동 소리가 들리는 듯 두근거리는 마음을 진정하느라 괜스레 날개를 퍼덕거려 봅니다. 아직 어머님께는 말씀을 드리지 않기로 하였습니다. 잠시 후 수루미는 고개를 들어 하늘로 치솟았습니다. 양 날개를 너울거리며 물기를 말리고 그녀가 사는 월정리역 주변으로 날아갔습니다. 이틀, 사흘, 같은 행동을 반복하며 그녀를 살폈습니다. 시간이 지나면서 수루미는 아쉬운 마음을 가눌 수가 없었습니다. 그녀는 늘 가족과 함께 이동하고 먹이 활동은 물론 날갯짓이며 망중한을 누릴 때도 언제나 가족과 함께 지내기만 하였습니다. 토교저수지에는 무슨 연유로 혼자 갔다가 변을 당하였는지, 생각해 볼수록 운명임을 느끼게 됩니다. 수루미는 계속해서 여루미의 주변을 배회하며 그녀의 눈길이 자신에게 오기를 기다렸습니다. 그러면서 한 걸음씩 용기를 내어 그녀에게로 가까이 다가갔습니다.

바람이 고요하게 머물던 어느 아침이었습니다. 수루미는 흙으로부터 올라오는 습도의 지수를 느꼈습니다. 분명 숲의 끝으로부터 벌판 너머로까지 무지개가 생겨날 것 같았습니다. 태양이 벌판을 쓰다듬으며 올라와 대기의 공기 속을 훑으며 쓸어내리는 시각, 수루미는 입자의 작은 알갱이마다 색이 입혀지고 있다는 걸 알아챘습니다. 이때를 놓치면 안 될 것 같았습니다. 처음 있는 일이기도 하고 부끄럽기도 하여서 용기가 필요했습니다. 양 날개를 펼쳐 푸드덕 날아보기도 하고, 두르르두르르 목소리도 가다듬었습니다. 마지막으로 양 날개를 모으고 두 다리에 힘을 주고 걸어서 월정리역의 마당 한가운데로 가 섰습니다. 벌판 너머로부터 시작된 무지개가 드러나는 시각, 수루미는 날개를 멋지게 펼치고 여루미의 시선이 잘 보이는 곳으로 다가가 서서히 원을 그리며 회전하였습니다. 백조의 호수를 춤추듯 양 날개를 넓게 펼쳐 서서히 너울거리기도 하고, 때로는 퍼덕이기도 하며 그녀를 향해 사랑의 몸짓을 전하였습니다. 드디어 여루미가 둥지 밖으로 고개를 내밀고 그녀의 눈길이 수루미에게 정확하게 집중되는 찰나, 서서히 고개를 세우고 몸을 솟구쳐 올랐습니다. 날렵하게 날아 그녀의 머리 위를 선회한 다음 색이 입혀진 공기 속을 오르내리며 자신의 몸에 무지개를 입혔습니다. 여루미가 자신을 보고 있다는 걸 알았습니다. 수루미는 수직으로 내려앉아 가장 단단하고 윤기 나는 날개의 깃털 하나를 뽑아 그녀 앞에 놓았습니다. 수루미는 심장의 고동 소리가 빨라짐을 느끼며 될 수 있으면 아주 고요히 그녀의 머리 위를 돌아 유유히 자신의 둥지로 돌아왔습니다.

그날 밤, 수루미는 한밤을 꼬박 지새우며 버스럭거렸습니다. 어머니는 입을 꾹 다문 채 근심스러운 얼굴로 바라보십니다. 날이 밝자 꾸루룩 꾸루룩 입을 열어 말씀을 하십니다.

"삶은 각자가 헤쳐 나가야 하는 드넓은 바다와 같은 거란다. 저 너른 들판의 한 귀퉁이에서 벌레 한 마리를 잡는 일이나 홋카이도나 시베리아에서 혹독한 추위를 견디는 일도 결국은 너 스스로 견뎌야 하는 일이다. 단 한 번의 날갯짓도 네 힘으로 퍼덕여야 세상으로 날아가는 거란다. 바르게 보고 바른 판단으로 날아야 하는 그 길에 흔들림 없이 함께할 짝이어야 하느니라."

"……."

수루미는 어머니에게 죄송한 마음이 들었습니다. 때가 되면 말씀드리려고 했는데 이미 알고 계신 것이었습니다. 수루미는 아무 말 없이 고개를 주억거렸습니다. 그런 다음 몸을 일으켜 어머니의 주변을 한 바퀴 종종걸음으로 걸어 잘 새겨들었다는 표시를 해드렸습니다. 그리고 다가가 어머니의 품속으로 자신의 머리를 묻었습니다. 어머니의 품은 그 어느 곳에서도 느낄 수 없는 가장 편안한 곳입니다. 어려서는 이런 모습으로 시간을 보내는 일이 많았습니다. 이제는 여루미를 생각하면 가슴이 따뜻해집니다.

날이 밝았습니다. 수루미는 사랑을 위하여 날아오를 준비를 하였습니다. 어머니는 말없이 바라보며 응원해 주셨습니다. 잠시 후 둥지 밖으로 날아오른 수루미는 여루미가 사는 월정리역 주변으로 날아갔습니다. 가슴이 콩닥콩

닥 뛰었습니다. 온 몸이 요동을 치는 것 같습니다. 처음 하는 경험입니다. 과연 여루미가 자신의 깃털을 입에 물고 있을지, 기대감과 설렘, 그리고 어느 만큼은 두려움을 가지고 그녀의 둥지 주변으로 가까이 다가가는데 심장이 터지는 것만 같았습니다. 그런데 이게 웬일입니까? 몇 마리의 수루미들이 자신처럼 여루미의 주변을 배회하며 벌레를 물어다 주기도 하고, 양 날개를 크게 벌려 춤을 추며 구애하는 모습을 보게 되었습니다. 수루미는 그만 철퍼덕 주저앉을 것만 같았습니다. 마음이 어수선하기만 합니다. 고민에 빠졌습니다. 이대로 다가가 저 무리 속에 끼어 그녀를 혼란 속에 빠트려야 하나, 되돌아서 가야 하나, 망설였습니다. 잠시 구상나무 가지에 앉아 상황을 살피기로 하였습니다. 여루미는 수루미의 날개를 물기는커녕 날개는 어디로 사라져 버렸는지 찾을 수가 없었습니다. 수루미는 어머니가 계신 둥지로 돌아오고야 말았습니다. 그러나 사랑하는 여루미를 놓칠 수는 없는 일이었습니다.

"다다다다 닥! 따다다다닥!"

단단한 나무줄기에, 자신의 부리를 비벼보았습니다. 시원치 않았습니다.

"따그닥 따그닥 딱 딱!"

이번에는 커다란 바윗덩이에 사정없이 비벼 봅니다. 시간이 지날수록 부리를 가는 소리는 커져가기만 했습니다. 아무리 맛난 벌레를 잡아도 맛을 느끼지 못하게 되었습니다. 모든 일이 귀찮기만 하였습니다. 군인들의 사격 소리가 들리지 않는데도 몇 날 며칠을 둥지에만 갇혀 지냈습니다. 수루미는 기운이 빠져 멀리 날아갈 힘조차 없었습니다. 날개의 윤기도 사라져가기만 합니다. 어머니는 아들의 모습을 보는 일이 힘들어졌습니다. 더 이상 지켜볼 수 없다고 판단하셨는지 아들에게 다가와 날개를 쓰다듬어 주십니다.

"삶은 각자의 몫인 거라 했지. 기억나니? 숨을 쉬는 일도 결국은 네 코로 숨을 들이마셔야만 하는 거라고. 누가 대신해 줄 수 있는 일이 아니란다. 내 아들아, 일어서 다시 용기를 내거라"

수루미는 어머니의 격려가 귀찮기만 하였습니다. 움직임이 없이 고요히 누워만 있었습니다. 수루미의 눈가에서 눈물이 방울 되어 또르르 흘러내렸습니다.

"꾸르륵, 끄루룩."

수루미는 뒤척거리며 애꿎은 둥지 속으로만 파고들었습니다. 날이 어둑해질 무렵이었습니다. 어머니가 나뭇가지를 물고 와 아들을 쿡쿡 찌르며 일어서 날으라고 채근하십니다. 아들이 둥지에만 틀어박혀 의기소침해 있는 모습을 더는 두고 볼 수가 없는 것입니다. 어쩔 수 없이 일어난 수루미는 여루미가 그랬던 것처럼 쪼그려 앉아 고개만 숙이고 있었습니다. 어머니가 수루미를 밖으로 이끌고 나왔습니다. 날짐승이 어두워진 하늘을 나는 일은 목숨을 걸어야 하는 위험천만한 일이지만 어머니는 개의치 않았습니다. 어머니는 양 날개를 추켜세우고 비무장지대의 한가운데로 깊숙이 날아갔습니다. 남쪽을 향하여 겨누어진 대포의 총구 위에 두 발을 딛고 섰습니다. 달빛을 도움 삼아 날개를 퍼덕이며 아들인 수루미가 앉기를 기다렸습니다. 수루미가 꾸역꾸역 날아 자신의 옆에 마지못해 앉는 것을 확인한 어머니는 다시 날아올랐습니다. 녹슨 철삿줄이 휘감겨진 사이에 붉은 글씨로 '지뢰'라 쓰인 나무판 위에 두 발을 살며시 디디며 내려앉았습니다. 잠시 후, 두 다리를 벌리고 우뚝 서서 아들의 마음을 일깨웠습니다.

"빗발치듯 내리는 총알에도 살아날 운명이거든 사는 게야. 날아라, 국경을 넘어 계절을 지나 마음을 다스리며 날아오르거라."

이튿날 저녁 수루미는 둥지 밖으로 조용히 걸어 나왔습니다. 유월 밤의 알싸한 공기가 수루미의 코끝에 스미자 여루미가 사무치게 그리워집니다. 아무 것도 생각하지 않기로 했습니다. 그냥 자신의 마음이 향하는 곳으로 날기로 했습니다. 여루미, 그녀를 생각하면 가슴이 촉촉해집니다. 수루미는 어두운 밤하늘로 솟구쳐 올랐습니다. 둥지 위를 날아 백마고지역 주위를 마음껏 날았습니다. 자신도 모르게 월정리역을 향해 몸을 돌렸습니다. 수루미는 시간 가는 줄 모르고 쏜 화살처럼 월정리역 주변만 날았습니다. 모두들 날개를 접고 잠든 밤, 세상 끝까지 날아볼 작정이었습니다.

수루미는 월정리역 주변을 밤이 새는 줄 모르고 날고 또 날았습니다. 이슬에 젖은 몸도 아랑곳하지 않고 월정리 역사 위로, 철원 두루미관 위로 쉬임없이 치솟았다 내려오기를 반복하였습니다. 타오르는 심장의 고동 소리를 까만 밤하늘에 마음껏 쏟아놓고 싶었습니다. 얼마를 그렇게 몸을 불태우며 날았는지 희끄무레하게 날이 밝아오고 있었습니다. 수루미는 이제 여한이 없었습니다. 마음이 후련했습니다. 잠시 철로 위에 내려앉아 쉬었다 돌아갈 참이었습니다. 몸도 마음도 지쳤기 때문이었습니다. 순간 목 뒤로 시선을 느꼈습니다. 언제부터였을까, 여루미가 구상나무 가지에 앉아 자신을 바라보고 있었음을 알게 되었습니다.

갑자기 주변이 포근해지고 부드러운 바람이 일렁이는 것만 같았습니다. 동시에 양 날개의 끝에서부터 서서히 힘이 모이더니 가슴이 두방망이질을 치기 시작합니다. 일곱 빛깔 무지개가 수루미의 마음으로 들어오는 것만 같았습니다. 처음 있는 일이었습니다. 다시 몸을 일으켜 구상나무 주변을 고요히 날았습니다. 그러는 동안 여루미는 자신의 깃털을 뽑아 수루미가 깃털을 놓았던 자리에 놓고 있었습니다.

수루미는 순간 세상이 정지된 듯 머릿속이 아득해졌습니다. 사랑도 미련도 아픔도 절망도, 그간 애졸였던 마음이나 기쁨과 슬픔들이 자기의 몸속에서 쑤욱 빠져나가는 듯하였습니다. 그러더니 이내 고요한 평화가 찾아왔습니다. 세상은 잠에서 깨어 부스럭거리기 시작하였습니다. 수루미는 여루미가 놓은 깃털을 소중하게 물었습니다. 그런 다음 구상나무로 다가가 그녀의 몸을 쓰다듬어 준 후 둥지로 날아와 고이 꽂아놓았습니다.

수루미는 마음이 급해졌습니다. 힘차게 날갯짓을 치면서 날아올랐습니다. 온 몸을 일자로 뻗어 부리를 하늘로 치솟아 한탄강을 향하여 날았습니다. 그녀에게 맛난 먹이를 구해다 주어야 하기 때문입니다. 바람도 유순하여 높이 날아오르기에는 안성맞춤입니다. 하지만 주변을 잘 살피고 조심해야 합니다.

살아가면서 어려운 때도 있었고, 귀가 닳도록 들어왔던 지뢰의 이야기는 이제 딱지가 붙을 지경입니다. 비무장지대에서 먹이 활동을 하다 영원히 잠든 철새들의 백골을 보며 받았던 반공교육은 섬뜩하기만 합니다. 이제는 그 형체를 알아볼 수도 없는 사람의 유골이며 녹슨 철모는 멋모르고 놀던 어린 부등깃 시절의 기억으로 몰고 갑니다.

한동안은 심장이 벌렁거려 둥지에만 숨어 지내던 날들도 있었습니다. 한동안은 귀가 먹먹하여 자신들의 언어를 확인하지 못하고 무리에서 이탈하여 두려움에 떨던 기억도 있었습니다. 수루미만의 경험이 아니었습니다. 대포 소리, 총소리에 놀라 무리에서 떨어지게 된 두루미들은 또 그렇게 자기들끼리 의지하며 함께 살아가고 있습니다.

"우환은 만들지도 말고 당하지도 말거라."

숨을 거두기 직전 마지막으로 들려주신 아버지의 유언은 아직도 귓가에 쟁쟁하게 살아 있습니다. 언젠가 어머니가 들려주신 말은 사방을 두리번거리는 습관을 만들어 주었습니다.

"북에서 살다 온 친구들이 그러는데 북에서는 제 등도 남이란다. 함부로 속내를 내비치지 말거라."

아버지가 돌아가신 후 수루미는 말을 아끼며 살았습니다. 집 밖을 나가는 일도 먹이 활동을 하는 일도 다 부질없어졌습니다. 마음껏 날개를 펴고 하늘을 날아다니던 일이 시들해지고 말았습니다. 아무리 맛난 미꾸라지며 올챙이가 눈앞에서 헤엄을 쳐도 식욕이 나지 않았습니다. 일상으로 돌아오기까지 많은 시간이 걸렸습니다.

어느새 한탄강이 보입니다. 수루미는 자꾸만 미소가 지어집니다. 자기도 모르게 부리가 헤벌쩍 벌어집니다. 한탄강은 엄마의 품속 같기만 합니다. 푸드덕 걸음으로 엄마를 따라다니다 처음 날았던 곳이 고대산에서였습니다. 매몰차기만 했던 엄마의 교육은 생각만 해도 눈물이 찔끔거리고 오금이 저려옵니다. 수루미를 남겨놓고 엄마는 혼자서 날아가 돌아오지를 않았습니다. 강 건너에서 바라보기만 할 뿐 먹이를 가져다주지도 않았습니다. 어서 엄마에게 날아오라는 것이었습니다. 그때는 날개가 펴지지 않아서 애를 먹어야 했습니다. 아무리 푸드덕거려도 몸이 오그려지기만 할 뿐 날개는 펴지지 않았습니다. 배가 고파 기진하여 빈 날갯짓만 푸드덕거리는데, 뒤에서 누군가가 자신을 확 떠미는 것이었습니다. 너무 놀라서 강물 속으로 빠지는가 싶은 순간 엄마가 옆에서 날개를 툭툭 쳐 올려주며 소리를 지르는 것이었습니다.

"몸을 가벼이 하거라, 자신감을 가져라. 머리를 곧추세우고 두 날개를 활짝 펴고 날아라."

수루미는 물에 빠져 죽지 않으려고 푸드덕거리다 어느 순간 날고 있는 자신을 보았습니다. 처음 날아가 사뿐하게 두 발을 디딘 곳이 학저수지였습니다. 어질어질하다 정신을 차리고 아래를 내려다보니 무릎 아래로 잔잔하게 물이 고여 있었습니다. 긴장이 풀린 수루미는 허기가 느껴져 물이 마시고 싶었습니다. 부리를 물속에 넣는 찰나 물고기가 눈에 띄었습니다. 얼른 부리로 낚아챘습니다. 자신의 부리에 잡혀서 파득이는 물고기를 얼른 삼켰습니다. 맛이 기가 막혔습니다. 엄마가 잡아다 주던 벌레와는 또 다른 맛을 알았습니다. 세상에 태어나 처음으로 스스로 먹이를 구하여 먹은 날이었습니다. 누가 가르쳐 준 것도 아닌데, 신기하기만 하여서 그 자리에서 서성거리며 배부르게 잡아먹었습니다. 조금 자라서는 친구들과 한탄강으로 놀러 가서 흐르는 물속에서 물고기를 잡아먹었습니다. 흐르는 강물에서 잡아먹는 물고기의 맛은 저수지에서 먹던 맛과는 비교도 할 수 없이 맛이 좋았습니다.

3. 청혼

수루미는 이제 여루미와 함께라면 죽음까지도 불사할 것 같았습니다. 며칠 동안 먹이 활동을 하지 않고 지냈는데도 어디에서 그렇게 힘이 솟아오르는지 알 수가 없었습니다. 수루미는 양 날개를 한껏 펼치고 바람을 가르며 날았습니다. 수루미의 눈에 보이는 한탄강은 그 물길만 봐도 어떤 고기들이 살고 있는지, 깊이가 얼마나 되는지, 물의 온도는 자신이 발을 담가도 무리가 없는지, 잘 아는 꿈의 냉장고입니다. 더구나 워낙 물이 맑기에 수루미의 눈에는 느적느적 유영하는 물고기의 모습이 멀리서도 잘 보입니다. 한탄강까지 단숨에 날아온 수루미가 주상절리 부근에서 날개를 접고 온몸을 화살처럼 내리꽂으며 피라미를 잡았습니다. 퍼덕이는 피라미를 부리로 물고 여루미 앞으로 쏜살같이 날아왔습니다.

"꾸루룩 꾸르륵."

조심스럽게 그녀의 주둥이 앞으로 물고기를 내어 주었

습니다. 여루미는 수루미가 잡아다 준 먹이를 맛나게 받아먹었습니다. 먹이를 넘기는 모습을 바라보던 수루미가 여루미에게 다가가 그녀의 새하얀 목에 자신의 목을 감았습니다. 여루미도 고개를 주억거리며 자신의 발을 내어 보입니다.

“당신이 도와줘서 살 수 있었어요. 고마워요.”

그날 이후 수루미는 날만 새면 여루미에게로 날아갔습니다. 매일 그녀와 함께 먹이를 잡아먹으며 놀았습니다. 함께 하늘을 날며 앞서거니 뒤서거니 속도를 맞추기도 하였습니다. 강폭을 오르내리며 물고기를 잡는 일은, 더구나 사랑하는 여루미와 함께 하는 날들은 더없이 행복한 일이었습니다. 여루미를 위하여 고대산으로 날아가 맛난 벌레를 잡아 입안 가득 물어다 주기도 하였습니다. 더러는 포삭해진 볏짚을 물어다 그녀가 사는 둥지를 부드럽게 덧입혀주기도 하였습니다. 가끔은 철원평야에서 맛좋은 우렁이와 개구리를 구해다 여루미의 어머니에게 선물로 드리기도 하였습니다.

철원평야의 지하에는 현무암이 더러 있어 따뜻한 물이 사철 올라오는 곳이 있습니다. ‘샘통’이라고 부르는 그곳의 주변에서는 겨울잠 자던 개구리가 깨어나기도 합니다. 이곳저곳을 살피던 수루미는 개구리를 물어다 여루미에게 가져다

주며 사랑을 키워갔습니다. 이제 여루미 주변을 배회하던 다른 두루미들은 어디론가 사라지고 보이지 않았습니다.

그 옛날 전쟁이 일어났을 때 이 주변은 온통 흙먼지와 인간의 시체가 뒤엉켜 악취가 코를 찌를 때도 있었습니다. 피아간의 포격으로 산이 흔들리고 나무가 찢기고 골짜기마다 핏물이 흐르던 때가 있었습니다. 대를 이어 살던 산새며 들새, 산짐승 들짐승들이 본래의 모습을 잃고 어디론가 사라지고, 물고기들 역시 허연 배를 드러내며 죽음을 맞이하고 더러는 어디론가 사라지던 때였습니다. 무슨 연유로 서로를 미워하고 총을 쏘아대고 자신들은 물론이고 수많은 생물을 죽음으로 몰고 간 건지, 수루미는 이해가 되지 않았습니다. 어른들은 아직도 마음을 놓아서는 안 된다고 하지만 수루미는 문제가 되지 않았습니다.

이른 아침 눈을 뜬 수루미가 멀리 하늘을 바라보았습니다. 맑고 푸른 하늘이 펼쳐져 있었습니다. 깊이를 가늠할 수 없는 그곳으로 여루미와 함께 날고 싶어집니다. 수루미가 청혼하기로 마음을 먹은 날입니다. 둥지를 걸어나가 사방을 살펴보았습니다. 고요하기만 합니다. 각종 산새들의 아침 인사 소리와 들짐승들의 수런거리는 소리가 기분 좋게 들리는 아침이었습니다.

수루미는 한탄강으로 가 흐르는 물에 세수하고 날개를 퍼덕이며 목욕을 하였습니다. 그런 다음 깊은 숲으로 들어가 소나무의 옹이 사이에서 부드러운 벌레를 잡아 월정리역의 마당에 놓았습니다. 그 옆에는 아기 사람 주먹만 한 돌 하나를 준비해 놓았습니다. 수루미는 마음의 준비를 끝내고 여루미를 기다렸습니다. 드디어 여루미가 눈부신 모습으로 구상나무 아래로 사뿐히 내려섰습니다. 수루미는 그녀의 주변을 빙빙 돌며 양 날개를 활짝 펼쳐 보였습니다. 그리고 준비한 돌에다 자신의 부리를 비비며 마음을 전하였습니다. 여루미가 수루미에게 걸어서 다가왔습니다. 그녀의 걷는 모습은 한 떨기 꽃인 양 향기롭기만 합니다. 수루미가 고개를 하늘로 향하여 '뚜 루루루' 노래를 불렀습니다. 이어서 준비했던 돌에 자신의 부리를 달그닥달그닥 부딪치며 사랑의 고백을 하였습니다. 드디어 여루미도 다가와 달그락 달그락 부리를 비비며 화답을 하였습니다. 수루미는 여루미의 부드러운 부리에 자신의 부리를 비비며 입을 맞추었습니다. 수루미와 여루미는 서로의 날개 속으로 머리를 묻었습니다.

이른 아침, 월정리역의 마당에서 수루미와 여루미는 서

로의 체온을 느끼며 사랑의 맹세를 하였습니다. 바람이 대기를 쓸어가고 진한 흙내음이 진동을 하자 두 잎, 세 잎 돋아나기 시작하는 여린 풀잎들이 수루미와 여루미를 축하해 주었습니다.

자연으로부터 축복받은 한 쌍의 두루미는 이제 부모님의 허락을 받아야 할 차례입니다. 먼저 수루미의 어머님이 계시는 백마고지역 부근의 둥지로 날아갔습니다. 종종걸음으로 들어가 몸을 낮추어 인사를 드렸습니다. 수루미의 어머님은 아들이 밤잠을 이루지 못하던 일을 기억하며 행복하게 살기를 바랐습니다.

"사람의 욕심이 커져가니 산속 깊은 곳으로 가서 먹이 활동 해라. 어떤 상황이 와도 절개를 잃지 말고 두루미답게 살아라. 그리고 가장 중요한 건 서로의 말에 귀 기울여 들어주며 내 목숨인 양 아끼며 살아라. 그러면 되는 거다."

이번에는 여루미의 어머님에게 허락을 받을 차례입니다. 그러나 예기치 않은 일이 일어났습니다. 여루미의 어머님은 수루미를 쳐다보지도 않으십니다.

"철원평야에서는 절대로 안 된다. 언제 어떤 사고를 당하게 될지 누가 아누."

여루미의 어머님께서는 그 옛날 총탄이 오가던 철원평야

에서 살게 할 수가 없다는 것입니다. 아무리 땅이 기름지고 먹이가 많아도 언제 또 총알이 드나들지 예측할 수 없다는 게 그 이유였습니다.

"제 목숨보다 더 따님을 지키겠습니다. 약속드립니다."

수루미와 여루미는 이미 서로의 마음을 확인하였기에 일가와 친척들의 축하를 받으며 행복하게 결혼을 하고 싶었습니다. 수루미는 여루미의 둥지 입구에서 무릎을 꿇고 어머님의 마음에 감동이 오길 기다릴 작정입니다. 여루미도 수루미 옆에 앉아 엄마의 허락을 기다리기로 하였습니다. 그러나 어머님은 요지부동이십니다. 전혀 예상하지 못했던 일은 아니지만, 이리도 완강하게 반대하실 줄은 미처 몰랐습니다. 좀 심하다는 생각에 마음이 아팠습니다.

수루미는 사랑하는 여루미와 함께 행복하게 하늘을 날고 싶었습니다. 아무리 날려 해도 날지 못하는 두루미들을 보며 충격을 받은 일은 잊을 수가 없습니다. 알에서 깨어나자마자 보송보송할 무렵, 아직 날지도 못할 때였습니다. 지뢰가 터져 부모님은 돌아가시고 허우적거리는 아기 루미들을 본 적이 있었습니다. 그 아기 루미들은 한 마리는 뱀에게 물리고, 나머지 한 마리는 귀가 먹먹해져서 세상의 소리를 듣지 못하게 되었습니다. 수루미는 그런 루미들을 볼

때마다 두려움과 함께 책임의식이 생겼습니다. 양 날개를 가지고 태어났음에도 날 수 없게 된 모습을 보면서 수루미는 날 수 있는 거리만큼 마음껏 날아 그들이 가 보지 못한 세상에 대하여 보고 느끼고 말해주고 싶었습니다.

생각이나 이상은 그 너머에 있을 테지만, 날개가 허락하는 한 여루미와 창공을 날고 싶었습니다. 혼자만의 호흡이 아니라 함께 느끼는 호흡, 혼자만의 시선이 아니라 함께 바라보는 시선으로 여루미와 살고 싶었습니다.

사실 수루미는 철원의 들판에다 여린 풀잎이며 부드러운 나뭇가지들을 물어다 둥지 하나를 지었습니다. 가장 밑바닥에는 얇은 나뭇가지로 기초를 닦은 후에 그 사이사이에 한 입 두 입 진흙을 물어다 붙여 오랜 시간이 지나도 무너지지 않도록 하였습니다. 그런 다음에도 아무도 모르게 시간을 내어 매일 조금씩 부드러운 볏짚을 물어다 부리로 쪼아 부드럽게 만들었습니다. 사랑하는 여루미가 앉거나 쉴 때 조금도 배기는 곳이 없도록 편안하고 아늑한 보금자리를 지은 것입니다. 날짐승들이 친구가 되어 주고 위로는 하늘의 별만이 보이는 넓은 들판의 풀숲입니다. 온갖 나무와 풀과 꽃이 자연스럽게 왔다가 때가 되면 스스로 지는 그곳에서 사랑을 나누고 싶었기 때문이었습니다.

그러나 이 순간 수루미는 서글프기만 합니다. 여루미를 놓치고 싶지 않았습니다. 다시 한 번 여루미의 어머님에게 허락해 달라고 말씀을 드리며 고개를 숙였습니다. 따가운 햇볕이 지나가고 어둑어둑 저녁이 다가와도 어머님의 마음은 변치 않으셨습니다.

"아무리 너희들의 사랑이 깊어도 목숨과는 바꿀 수는 없는 일이다."

수루미는 안타깝기만 하였습니다. 여루미도 지쳤습니다. 서글프지만 자신들은 이미 성체가 되었으므로 독립하기로 하였습니다. 축복받는 결혼을 하지 못해도 괜찮다고 서로에게 위로해 주었습니다.

그날 밤 수루미가 여루미네 집 앞에서 결혼 허락을 기다리며 여루미로부터 들은 이야기는 어머님의 마음을 이해하는 데 큰 도움이 되었습니다.

아주 오래전 이 땅에 피비린내로 진동하던 때에 수많은 들짐승과 날짐승이 목숨을 잃어도 여루미네 가족은 용케도 잘 살았습니다. 그러나 전쟁이 시작되던 이듬해, 그러니까 1951년 5월이었습니다. 여루미의 증조부는 철원의 숲에 몸을 기대고 오월의 나른함에 잠결인 듯 꿈결인 듯 취해 있었습니다. 총탄이 오가던 때이기에 촉이 예민한 여루미의 조상들은 싸움의 기미가 있으면 멀리 날아가 며칠을 기다리다 잠잠해지면 철원평야로 와서 먹이 활동을 하곤 하였습니다. 고향을 떠날 수가 없기 때문이었습니다.

그러나 날개를 달고 태어났기에 고향에만 머물러 살 수가 없는 일입니다. 날짐승이니만치 가고 오는 이치를 알고, 시와 때를 몸으로 익히며 살아가고 있었습니다. 운명의 그날은 야속하게도 졸음이 밀려와 감각이 둔해질 수밖에 없었습니다. 갑작스럽게 날아드는 총탄에 증조부께서는 그만 그 자리에서 기절하고 말았습니다. 눈을 떠 보니 이미 날은 어둑해졌고, 자신이 앉았던 나무는 부서져 형체를 알아볼 수가 없었다고 합니다. 더 기막힌 일은 한쪽 날개가 찢어져 피가 흐르고 귀로는 세상의 소리를 들을 수가 없게 되었습니다. 여루미의 증조부께서는 방향감각을 잃고 자꾸만 제 자리에서 맴돌기만 하였습니다. 멀리 날아갔다 돌아온 증조모께서는 남편에게 흙을 먹이고 별의별 비방을 다 취하여 보았지만 소용이 없었습니다. 증조부께서는 날개를 펴지 못한 채 제자리에서 끊임없이 맴돌았습니다. 날짐승으로 태어나 날지 못하는 날들이 이어지자 깃털이 누렇게 변해가더니 윤기가 사라지고 안타깝게도 세상을 떠나고 말았습니다. 증조모의 충격은 이루 말할 수가 없었습니다. 철원평야는 이미 총소리가 멎어 고요해졌는데도 숲을 지나는 다른 짐승들의 움직임이나 작은 흔들림에도 불안해하였습니다. 급기야는 바람만 심하게 불어도 온몸을 파르르 떨다 증조모님 역시 생을 달리하고 말았습니다. 여루미는 아직 세상에 태어나기 전이고, 여루미의 아버지는 지금의 어머니를 만나 결혼을 하려던 참이었습니다. 아직도 여루미네 가족은 5월이 되면 둥지에서 잘 나오지 않고 불시의 사건으로 목숨을 잃은 선친들을 기억하며 슬피 운다는 것입니다.

여루미는 어머님에게 인간사회의 문제점이 무엇인지, 조곤조곤 설명을 들으며 배웠습니다. 함께 살지 않는 것은 물론이고 왜 같은 종족끼리 죽이는지, 작은 불씨 하나에도 화르르 타버릴 것만 같은 불안감을 안은 채 어떻게 저렇게 살아가고 있는지, 인간들의 삶을 이해하려고 무던히도 애를 썼다고 합니다. 그냥 가만히 놔두면 되는 것을, 두루미 입장에서 생각을 해보면 도무지 이해할 수 없는 노릇이 인간의 싸움이라는 것입니다.

“인간은 날지도 못하면서 왜 철삿줄로 막아놓고 저리 험상스레 싸우며 살아요?”

여루미가 엄마 루미에게 물었을 때 해 준 이야기는 더 충격이었습니다.

"인간은 아주 오래전, 그러니까 처음에는 우리처럼 날지 못하는 것은 물론이고, 네 발로 기어서 다녔더란다. 그러니까 사냥꾼이 아니라 호랑이나 사자 같은 큰 짐승들에게는 좋은 먹잇감이었지, 그러니 자연스럽게 동굴 속에서 숨어서만 살았더란다."

여루미는 엄마의 말을 들으려고 무릎 앞으로 바짝 다가가 엄마의 가슴 속 부드러운 속털 속으로 머리를 묻고 조용히 귀를 기울였습니다.

"이 인간들이 잡혀먹히지 않고 먹이를 구해야겠기에 용을 쓰다 일어서게 되고, 두 발로 걷기 시작하면서 무기를 사용하게 된 게지. 결국 사냥감에서 사냥꾼이 된 거란다. 두 손을 쓰게 되니 욕심이 생겨 남의 것을 그 손으로 빼앗기 시작했단다. 그러자니 결국은 상대방을 죽여야 하고, 저렇게 가둬놓고 막아놓고 슬픔에 젖어 살아가는 거란다. 세상을 함께 사용하며 살아가는 모든 생물 중에 숲을 파괴하는 동물은 인간밖에 없단다. 어찌 보면 가장 미련한 게 인간이란다."

여루미는 엄마의 이야기를 듣고 손이 없이 두 다리만 가진 날짐승으로 태어나 창공을 마음껏 날 수 있다는 사실에 어깨가 으쓱하여졌습니다.

언젠가 무심히 날다 보니 인간의 마을까지 내려간 적이 있었습니다. 인간의 마을에는 흙이 가려져 있고 숲이 보이지를 않았습니다. 쉴 곳을 찾다가 본 모습을 여루미는 잊을 수가 없습니다. 분명 새의 무리인데 멀리 날지를 못하고 뒤뚱거리기만 하였습니다. 비둘기인 것 같았는데 스스로 날아 먹이를 구하지 않고 인간들이 던져주는 이상한 것을 받아먹고 있었습니다. 여루미는 언제나 살아있는 벌레나 물고기들을 스스로 잡아먹고 살았는데, 그때 본 비둘기들은 멀리 날지 않는 것은 물론, 인간의 손을 빌려 단지 부리만 움직여 배만 불리고 있었습니다. 분명 날새들이었습니다. 어떻게 날새가 멀리 날지를 않는지, 어떻게 날새가 스스로 먹이 활동을 하지 않는지 이해가 되지 않았습니다. 그때 어머니가 해 주신 말은 더 충격이었습니다.

"숲을 파괴하고 콘크리트가 높이 세워지니 날지를 못하는 거란다. 인간들이 만든 죽은 먹이를 받아먹고 사육당하면서 서서히 죽어가고 있는 거란다."

4. 독립

수루미와 여루미가 일가와 친척들을 떠나기로 한 날이 밝았습니다. 수루미는 어머니에게 이 사실을 말씀드려야 하나 망설였습니다. 여루미가 자기 하나만을 믿고 홀어머니 곁을 떠난다는 사실이 두렵기도 하지만 가슴 저리게 아프기 때문입니다. 수루미는 깊은 고민에 빠졌습니다. 이렇게 해도 괜찮은 것인가, 그러나 아무리 부당한 행동이라 해도 사랑하는 여루미를 놓칠 수가 없는 일이었습니다.

한 편으로는 자기들은 이미 성체이므로 독립해도 된다고 부리를 옹동그려 마음을 다잡아 보았습니다. 여루미도 비장하게 마음의 다짐을 하였습니다. 드디어 해가 지기 시작하자 자신이 가장 아끼던 조약돌을 입에 물고 둥지를 나섰습니다. 살면서 어려운 일이 있을 때면 부리를 비비며 마음을 달래던 돌입니다.

수루미와 여루미는 약속한 자리에 만났습니다. 하늘이

붉은빛으로 물들어가자 수루미와 여루미는 서서히 날아올랐습니다. 그러나 수루미는 자신이 장만해 놓은 철원들판의 둥지로 갈 수가 없었습니다. 여루미의 어머니가 반대하시는 이유가 철원들판이었기 때문입니다. 수루미와 여루미는 날았습니다. 백마고지역을 지나고, 동막골을 지나고 신탄리역의 철길 너머 고대산 자락의 소나무 숲에 자리를 잡았습니다. 이곳은 경기도에서는 최북단이기도 하지만, 산봉우리들이 높아서 멀리 오르내리며 먹이 활동 하기가 좋은 장소이기 때문입니다. 더군다나 동막골 계곡에서 흐르는 물이 차탄천을 지나 한탄강으로 흘러 임진강으로 들어가는 곳이기도 합니다. 임진강 물은 살이 부드럽고 흐름이 연하여 사철 물고기가 풍부한 곳입니다. 수루미는 이곳에 와서 살기로 마음을 먹기까지 고민이 많았습니다. 계절따라 마음 따라 이동하며 살아야 하는 운명이지만 이동하지 않고 사는 기간만이라도 사방 어느 곳으로든 안전하고 편안해야 하기 때문입니다. 그곳은 여루미를 기다리기라도 하였다는 듯이 떡갈나무와 낙엽송, 소나무의 군락이 알맞게 준비된 곳이었습니다.

주변의 경계를 살피고 산야를 훑어본 여루미가 한동안 두 날개를 너울거리며 사방을 살피더니 햇볕이 잘 드는 소나무의 휘어진 가지에 자리를 잡고 깃을 접었습니다. 소나무는 오랜 세월 살갗이 터지고 옹이진 상처를 안고도 의연하게 푸른 잎을 틔우고 있었습니다. 수루미와 여루미는 굽은 가지를 주춧돌 삼아 볏짚과 보드라운 갈대 잎을 물어다 집을 지었습니다. 둥지는 아늑하였습니다. 둘은 하루하루 성실하게 사랑을 쌓아갔습니다. 늘 함께 먹이 활동을 하며 시간 가는 줄 모르게 지냈습니다.

어느덧 계절이 바뀌어 날씨가 따뜻해지기 시작하였습니다. 여름이 다가오고 있는 것입니다. 수루미는 여루미의 몸이 여느 때와 다르다는 걸 알았습니다. 여루미 역시 처음 겪는 경험이지만 기쁨의 눈물을 흘리고 있었습니다. 여루미가 새끼를 가진 것입니다. 이제는 정말 이동을 해야 합니다. 날씨가 더 더워지기 전에 이사해야만 합니다. 수루미와 여루미는 누구라 할 것 없이 날아서 얼음골의 골짜기에 자리를 잡았습니다. 수루미는 온종일 여루미에게 맛난 먹이를 물어다 주었습니다. 여루미는 수루미가 가져다주는 먹이를 달게 받아먹더니 드디어 사랑의 결실로 두 개의 예쁜 알을 낳았습니다. 아빠가 된다는 사실에 수루미는 어깨가 으쓱해지며 더할 수 없이 기뻤습니다. 한 편으로는 새끼를 돌봐야 한다는 막중한 책임감에 열심히 먹이를 물어 날랐습니다. 여루미는 꼼짝도 하지 않고 알을 품었습니다. 그동안 수루미는 종일 들판과 숲을 오가며 먹이를 물어다 여루미에게 주었습니다. 먹이 활동을 잠시 멈출 때는 여루미를 쉬게 하려고 교대로 알을 품기도 하였습니다. 그러는 동안 비바람이 나뭇가지를 흔들 때도 있었습니다. 빗물이 둥지 안으로 스며들기도 합니다.

여루미는 온몸으로 비를 맞으면서도 알을 품에서 놓지 않았습니다. 오히려 자신의 몸을 더 부풀리고 날개를 한껏 벌려 새끼를 보호하였습니다. 세상을 잡아 흔들 듯한 비바람이 불어오고 밤이 새도록 번개까지 쳐서 바로 옆의 나뭇가지가 부러져도 여루미는 고개를 숙인 채 꼼짝도 하지 않고 밤을 지나 새벽을 맞이하였습니다. 한밤을 꼬박 뜬 눈으로 새운 여루미의 눈에서는 하염없이 눈물이 흘렀습니다. 엄마가 생각났기 때문입니다. 엄마의 사랑을 그제야 깨달은 것입니다. 월정리역의 녹슨 둥지에서 자신이 돌아오기만을 기다리실 엄마를 생각하니 가슴이 먹먹해졌습니다. 가장 맛난 것으로 배를 채워주고 날짐승으로 살아가며 익혀야 할 호흡이나 날갯짓을 온몸으로 가르쳐주던 시간들이, 푸르게 열리는 하루의 벽두에서 알을 품은 채 기억이 나는 것이었습니다. 어려운 일이 생길 때마다 몸을 날아 구해주던 엄마, 자신보다 더 큰 날짐승에게 물리려는 찰나에 목숨 걸고 구해주던 때가 기억납니다. 여루미는 수루미와의 결혼을 반대하며 엄마가 해 주었던 이야기가 새삼 떠올랐습니다. 그때는 귀에 들어오지도 않던 이야기였습니다.

"물론 우리 같은 날짐승이나 물고기나 인간이나 다 한 번은 죽기 마련이다. 그러나 왜 우리가 여기 살고 있겠니? 내 마음은 저 기차만큼이나 녹슬어 바스러져 가고 있다는 거 너는 정녕 모르겠니?"

새삼 엄마의 이야기가 귀에 쟁쟁하게 들려옵니다, 여루미는 날개를 부풀려 새끼들을 굴려준 뒤 조용히 기억을 되살립니다.

"한 생명이 태어나 살다 떠나는 일은 그보다 더 위대한 일은 없는 거란다. 우리 같은 날짐승이나 들짐승은 어디 세상을 변화시키기를 하니? 그냥 자연 그대로를 바라보며 변화에 몸을 맡기고 자연에 기대어 잘 살아오지를 않았니? 한데 봐라, 저 인간들. 그냥 그대로를 인정해주고 살아가면 안 되는 겐지? 뭐 얼마나 취하겠다고 서로에게 총을 쏘고, 머저리들처럼 살아가는지, 너도 보고 있지 않니? 그 바람에 너희 아버지가 총소리에 놀라 저 위로 날아간 후론 다시 돌아오지 못 하고 있는 거, 너는 잊고 있는 거니?"

여루미는 엄마가 무섭도록 울던 날의 기억도 떠오릅니다. 그날은 아빠의 생일이었습니다. 들판의 눈이 녹기 시작하고 대지로부터 흙냄새가 피어오르는 5월이 오면 엄마는 목이 터지라고 울음을 놓습니다.

기억해 보면 그 울음은 아빠를 기다리는 애끓는 외침이었습니다.

"이 에미가 왜 하필 이곳에서 이토록 모진 삶을 이어가는 지, 너는 누구보다 잘 알면서 그 루미와 결혼을 하겠다는 거니?"

여루미는 새끼들을 품은 채 까맣게 잊고 있었던 엄마의 이야기를 끊임없이 떠올렸습니다.

"시련이나 고통 없는 삶은 없는 거란다. 그래서 세상의 생명체들은 아무리 미물이라도 모두가 소중한 존재들인 거야. 그 시련이나 고통을 지나면 다른 모습으로 태어나게 되지. 그건 곧 전과는 다른 사랑이라고 말할 수 있게 되는데, 그 감정은 각자의 깊이만큼 다르게 성장하는 거란다.

나도 네 아빠가 북으로 날아가기 전에 그야말로 소태같은 삶을 살았단다. 어찌 된 두루미가 그 모양인지, 자기 가족보다는 남의 가족을 더 챙기질 않나, 먹이를 구해오면 너나 네 언니를 먹여야 하는 게 아니겠니? 이건 어찌 된 루미가 옆집의 아기루미에게 가져다 먹이는 거야. 물론, 그 아기 아빠가 몸이 부실하여 먹이 활동을 잘 못 하기도 했지. 그래서 네 언니나 네 몸이 이리 약하게 자랐단다. 이 에미가 밤낮을 가리지 않고 날고 또 날며 먹이를 물어오면 네 아빠가 반은 빼앗아다 옆집 루미 새끼들을 먹이는데 이 에미 마음이 어떠했겠니? 살펴 생각 좀 해봐라. 그러다 어느 날 갑자기 그 흔적이 사라지니까 그편도 일부러야 그랬겠나 싶은 마음이 드는 거야. 마음이 보드라워 그랬겠지. 아니 사랑보다 더 큰 사랑으로 그랬겠지. 이제 내게 남아 있는 건 깊이를 가늠할 수 없는 허무뿐이란다. 그러니 선택을 하기 전에 깊이 생각하고 한 번 선택했으면 지고지순하게 끝없는 사랑의 지저귐으로 날아야 한단다."

여루미는 새끼들을 굴리면서 결론을 내렸습니다. 결국, 엄마는 사람들이 총을 쏘지 않는 날이 오면 아빠가 돌아오리라고 믿고 기다리는 거라고. 그래서 저리 목숨 걸고 녹이 슬어 부서져가는 기차에 붙박여 지내는 것이라고.

여루미는 수루미가 돌아오면 잊고 있던 엄마의 기억을 말해주고 새끼가 깨어나면 속히 엄마에게로 날아가 용서를 구하자고 말할 생각이었습니다. 여루미가 눈물로 알을 품기를 한 달여가 지났습니다. 드디어 알이 톡톡 터지는 기미가 보이기 시작하고 실금이 생기더니 두 개의 알이 모두 갈라지고 그 얼굴을 드러냈습니다. 눈도 떼지 못하고 고물거리는 두 마리의 새끼를 깊이 품고 여루미는 흐르는 눈물을 감출 수가 없었습니다. 이제 목숨만큼 소중한 새끼들을 먹여 살려야 합니다. 새끼들은 눈도 뜨지 못한 채 목을 길게 빼고 먹이를 달라고 보챕니다. 어찌나 입을 크게 벌리는지 입안이 빠알갛게 드러나 보입니다. 수루미 혼자만의 힘으로는 늘 배고파 허덕이는 새끼들에게 풍족하게 먹일 수가 없습니다. 여루미는 마음이 조급해집니다. 어서 새끼들에게 배불리 먹여 키운 후에 엄마에게 데리고 가서 보여드리고 싶습니다.

여루미도 먹이 사냥을 하기로 마음먹었습니다. 새끼를 품고 있을 때 너무 오랜 시간 비를 맞아서 몸이 가뿐하지가 않습니다. 그러나 입천장이 드러나도록 입을 벌리며 보채는 새끼들을 더는 보고 있을 수가 없었습니다. 마음이 조급해집니다. 수루미와 여루미는 둥지 입구를 나뭇잎을 물어다 가리고 숲으로 날았습니다. 엄마가 된 여루미는 마음이 더없이 뿌듯합니다. 월정리역에 사는 엄마가 더욱더 보고 싶어집니다. 그러나 마음을 굳게 먹었습니다. 새끼들을 잘 키워 여봐란듯이 데리고 가서 보여드릴 예정입니다.

여루미는 엄마가 된 이후 처음으로 하늘을 날아올랐습니다. 수루미는 이미 어디론가 먹이 사냥을 떠난 뒤였습니다.

깊은 호흡으로 바람을 가르는 여루미는 엄마의 사랑이 얼마나 위대한지를 깨달았습니다. 숲은 향기로웠습니다. 대지로부터 올라오는 흙의 냄새와 싱싱하게 자란 풀잎과 갖가지 나무가 부딪치며 풍겨주는 향기에 여루미는 몸이 가벼워짐을 느낍니다. 적당히 습도를 머금은 하늘은 여루미가 유유히 비행하도록 넉넉하게 감싸줍니다. 여루미는 우선 부드러운 벌레를 잡아먹고 기운을 차렸습니다. 그런 다음 자신의 긴 목 안에도 저장하여 둥지로 날아가 새끼들을 먹일 예정입니다. 그동안 수루미는 부지런히 벌레를 잡아다 새끼들에게 차례로 먹이고, 이번에는 한탄강의 물고기를 잡아서 여루미가 있는 곳으로 날았습니다. 어서 둥지로 가자며 여루미에게 눈짓을 합니다. 둘은 동시에 날아올라 얼음골짜기의 둥지로 돌아왔습니다. 시간이 얼마 지나지 않았습니다. 엄마가 된 여루미가 처음 먹이 활동을 한 날입니다. 숲은 고요합니다. 어서 사랑스러운 새끼들에게 먹이를 먹이고 싶은 마음뿐입니다. 사랑에서 또 다른 사랑으로 전해지는 부드러운 벌레를 먹으며 새끼들은 기운차게 자랄 것입니다.

여루미가 먼저 둥지 부근으로 내려앉았습니다. 뭔가 좀 이상합니다. 주변을 살펴보았습니다. 서늘한 기운이 몸을 감쌉니다. 불안한 마음에 둥지로 가 후드득 날개를 퍼덕여 보았습니다. 엄마가 왔는데도 아기 루미들의 움직임이 보이지 않습니다. 둥지는 어수선하게 흐트러져 있고, 여린 깃털만 몇 가닥 떨어져 있을 뿐 새끼들은 보이지 않았습니다. 뭔가 일이 벌어진 게 틀림이 없습니다. 수루미와 여루미는 잡아온 물고기와 먹이를 내던지고 정신없이 새끼들을 찾아 나섰습니다. 아무리 날고 비행하며 주위를 살펴보아도 새끼들은 보이지 않았습니다. 풀숲을 날개로 헤치고 아무리 킁킁거리며 냄새를 맡아보아도 두 마리의 새끼는 온 데 간 데 없이 사라지고 말았습니다. 여루미는 엄습해오는 두려움에 어쩔 줄을 모르며 온몸을 부르르 떨기만 하였습니다. 두려움을 무릅쓰고 바닥을 더 샅샅이 훑었습니다. 그러나 두어 개의 여린 날개만이 바람에 흩날릴 뿐입니다. 여루미가 캬르륵 캬르륵 아무리 새끼를 불러보아도 둥지 안에는 냄새만 남아 있을 뿐입니다. 상실감에 젖은 여루미는 온몸의 맥이 풀려 스르르 누워버렸습니다. 이제 더 이상 할 수 있는 일이 없습니다. 새끼가 첫 나들이를 시작하는 날, 두 마리의 새끼를 앞세워 엄마에게 가서 용서를 구할 예정이었습니다. 이제는 다 부질없는 일이 되어버렸습니다.

수루미 역시 지쳤습니다. 얼마나 소리 없이 울었는지 목의 깃털까지 젖어 있습니다. 분명 독수리나 부엉이의 짓일거라 생각하니 가슴이 미어집니다. 그러나 이런 이야기를 여루미에게 할 수가 없었습니다. 가장 마음이 아픈 일은 지난날 어머니에게 받았던 반공교육이나 삶의 요령을 일상으로 받아들이지 않고 기억으로만 간직하고 살았다는 사실입니다. 무겁게 가라앉은 침묵만이 둥지를 감싸고 흐릅니다. 까만 밤이 가고 또 오기만 할 뿐 수루미는 둥지에서 움직일 수가 없습니다. 음습한 바람만이 머무를 뿐입니다.

"캬흑!"

간혹 처절한 울음소리만이 바람을 찢습니다.

5. 다시 희망을

어수선한 날들이 지났습니다. 둥지 밖에서는 비가 지나가고 바람이 지나가고 번개가 치는 날도 있었습니다. 여루미는 사라진 새끼들의 깃털을 품에 안고 까무라쳐서 자다 깨기를 반복합니다. 긴 목을 둥지에 누인 채로 움직임이 없이 지내던 수루미가 정신을 차리기 시작하였습니다. 이대로 있을 수 없다고 판단한 수루미는 둥지를 떠나기로 마음을 먹었습니다. 월정리로 가기로 마음을 정하였습니다. 자신들이 떠나온 후, 바깥 출입이 없이 울고만 계신다는 어머님의 이야기를 들었기 때문입니다. 먼저 여루미의 어머님께 용서를 구하고 생각을 정리해 보기로 하였습니다. 여루미는 수루미가 이끄는 대로 날았습니다. 여루미의 날갯짓이 흐느적거려 쳐지면 수루미가 얼른 다가가 받쳐주었습니다. 저 멀리 철원 두루미관이 보이고, 그 너머로 월정리역의 녹슨 기차가 보입니다. 가까이 다가온 여루미는 이제는 날 수가 없어졌습니다. 어머니가 저기

계시다 생각하니 도저히 다가갈 수가 없었습니다. 이대로 엄마의 얼굴을 마주 볼 수가 없었습니다. 마당에서 역으로 오르는 계단 입구에 주저앉아 날개를 접었습니다. 아직 호흡이 채 가시지 않았는데 끓어오르는 울음을 억제하느라 날개를 들먹거리기만 하고 있습니다. 침통하기는 수루미도 마찬가지입니다. 어떤 말로도 새끼를 잃은 부모의 상처는 가실 줄을 모릅니다.

이른 아침 먹이사냥 나온 두루미들은 들판의 예서제서 주춤거리며 서성거립니다. 오랜만에 보는 수루미와 여루미가 달라 보였기 때문이었습니다. 수루미는 아랑곳하지 않고 여루미의 마음이 진정될 때까지 옆에서 지켜 주었습니다.

마침 저 멀리 들판으로부터 수런거리며 비가 달려옵니다. 어느새 여름이 지나고 냉기가 흐르는 계절에 내리는 비는 서러움을 더해줍니다. 다른 두루미들은 제 갈 길로 날아들 가고 이제 여루미와 수루미만이 온몸으로 비를 맞으며 서러움을 삭이고 있습니다.

귀를 기울여 듣고 있던 여루미의 엄마가 서서히 몸을 일으켰습니다. 비가 내리지만, 둥지 밖으로 날아 역의 마당을 한 바퀴 돌아보았습니다. 계단 구석으로 눈길이 가고 딸에게로 다가갑니다. 딸이 분명한 것 같은데, 너무 왜소해진 몸집이 긴가민가하며 날개를 접었습니다. 여루미는 무너지는 억장을 주체치 못하여 온몸을 부르르 떨고만 있었습니다. 수루미 역시 어쩔 줄을 몰랐습니다.

"타르르 타르르."

어서 집으로 들어가자는 엄마의 호통에 여루미가 서서히 고개를 들어 엄마의 모습을 바라봅니다. 그러나 눈을 차마 마주치지 못하고 하늘만 바라봅니다. 뚫어지라 바라보는 엄마의 시선을 느끼며 주저앉았던 몸을 일으킵니다. 비도 이내 수그러져 월정리 역사 주변은 고요하기만 합니다.

여루미는 새끼를 잃고 이래저래 가슴이 미어지지만, 엄마에게는 두 번의 아픔을 겪게 해서는 안 된다고 생각하였습니다. 수루미는 여루미가 일어서기 시작하자 엄마와 딸이 그간의 못다 한 이야기 좀 나누라고 자리를 비켜주었습니다. 몸을 일으킨 여루미는 온몸을 곧추세우더니 그대로 하늘로 날아 올라버립니다. 마음을 다잡았지만, 도저히 엄마의 눈을 마주할 수가 없었습니다. 그간 두 마리의 새끼를 낳았고, 그 아기 루미들을 잃어버렸다고 엄마에게 말할 수가 없었습니다. 여루미는 집 주변을 한 바퀴 선회한 다음 그대로 솟구쳐 날개를 휘저었습니다. 수루미는 여루미의 마음을 눈치채고 말리지 않았습니다. 수루미 부부는 새끼들의 체취가 남아 있는 얼음골짜기로 날아와 날개를 접었습니다.

수루미와 여루미 부부는 침묵에 잠겨 며칠을 보냈습니다. 친구들이 찾아와 위로의 말을 건네도 죽은 듯이 지냈습니다. 차가운 비가 내려 온몸을 적셔도 움직이지 않았습니다.

수루미와 여루미는 무작정 날기로 하였습니다. 당분간은 모든 일 다 잊고 날며 자신들의 한계에 부딪혀 보기로 하였습니다. 날개가 달린 운명이니만치 날다 지치면 쉬다 다시 또 날기로 하였습니다.

날았습니다. 앞서거니 뒤서거니 끝없이 날아올랐습니다. 너무 멀지도 가깝지도 않은 거리를 유지하며 구름의 층을 차고 올랐다 다시 내려오기를 반복하였습니다. 깊은 숨을 들이쉬고 내쉬며 답답하기만 한 마음을 하늘에 풀어놓았습니다. 속이 후련한 것도 같았습니다. 수루미와 여루미는 쉬임없이 날며 각자의 생각 속으로 흘러들어 갔습니다.

38선을 표시해 놓은 말목을 지나 북으로 더 날아오르면 인간의 발길을 허락지 않는 곳에 손바닥만 한 옹달샘에 있습니다. 그곳은 산짐승과 날짐승들에게는 꿀맛 같은 물을 마실 수 있는 화수분입니다. 수루미는 한때 그 물을 마시고 살았습니다. 아침마다 옹달샘 주변의 소나무 가지로 날아가 사방을 둘러보았습니다. 적막하기만 하였습니다. 이슬 한 방울 또르륵 굴러떨어지면 고요하기만 하던 옹달샘에서는 작은 파문이 일어납니다. 평화로운 하루가 열리는 것입니다.

먼저 와서 물을 마신 다람쥐가 겨우살이 준비하느라 밤이며 도토리들을 주워 모읍니다. 어쩌나 눈이 마주치면 두 귀를 쫑긋 세워 인사하고 조르르 제 집으로 사라집니다. 그러면 수루미는 조용히 머리를 숙여 단물을 마시고 고요의 소리에 흠뻑 젖어 아침 풍경을 바라봅니다. 햇살에 반짝이는 이슬방울은 꿈을 꾸는 것만 같았습니다.

수루미는 어머니로부터 먹이 사냥 이외에도 채우고 비우는 자연의 순환과 섭리를 따르며 살라고 배웠습니다. 자연의 변화는 날짐승이 가야 하고 와야 하는 세상의 변화를 나타내는 것이니만큼 거스르지 말라고 배웠습니다. 수루미는 아주 어려서부터 한반도의 아름다움에 반하여 계절이 바뀔 때마다 찾아와 이곳을 떠나지 않고 살리라 마음을 먹었습니다. 부드러운 바람, 맑은 옹달샘, 아기자기한 산줄기와 그곳에서 뿌리내리고 살아가는 나무들의 살랑이는 모습은 수루미의 터전으로 만족했습니다.

계절이 지나서 멀리 날기 위해서는 몸을 비워야만 했습니다. 마음까지도 비워내야만 했습니다. 어머니께서는 시베리아로 날아야 할 때가 다가오면 단단히 가르쳐 주십니다.

"몸을 가벼이 하거라, 마음도 비워내야 한다. 뼛속까지도 비워내고 그 속에 한반도의 기운을 채워 넣어라."

어머니가 반복해 잔소리하시던 이야기들을 귓등으로만 듣다가 새끼를 잃고 나니 새록새록 되살아납니다.

"두 귀를 열어 독수리가 오나 살피고 밤에도 귀를 닫지 말고 부엉이를 조심해야 한다."

수루미는 여루미가 두 개의 알을 품고 둥지에 머무는 동안 행복했습니다. 그러나 뒤돌아 생각해 보면 너무 서두르기만 한 것이 아닌가 반성을 하게 됩니다. 이제는 어쩔 수 없이 지나간 일이 되어버렸습니다. 수루미 역시 엄마의 깃털 깊은 곳에 머리를 묻고 안정을 취하고 싶었습니다. 그러나 남편이라는 가장의 무게를 실감합니다.

이제는 다른 곳을 찾아야 합니다. 그리고 다시 새끼를 낳아 기르며 아기 루미들에게 옹달샘의 비밀을 가르쳐 주고, 푸른 하늘을 마음껏 날고, 몸에 기생충이 생겼을 때는 모래 위에서 목욕하는 법도 가르치며 살아갈 것입니다. 새벽마다 일어나면 제일 먼저 옹달샘으로 날아가 물을 마시고, 계절 따라 변하는 자연의 이치와 그에 순응하는 법을 가르칠 것입니다. 다른 날새들과는 함부로 희희낙락 하지 말고 둥지나 먹이를 두고 절대로 다투지도 말고 고고한 절개를 지키며 살라고 훈계할 것입니다.

먹이 활동도 곡식의 낟가리를 먹되 비무장지대에서 벗어나지 않게 할 예정입니다. 인간에게는 말할 수 없는 고통의 장소이겠으나 루미들에게는 천혜의 곡식 창고이기 때문입니다. 부드러운 벌레를 먹잇감으로 삼고 아무리 어린 독수리라도 함부로 부딪치거나 싸우지 말라고 가르칠 것입니다. 가끔은 작은 올챙이나 새끼 뱀을 잡고 할 수 있거든 비무장지대 안에서만 취하라고 말해줄 것입니다. 아래로 내려갈수록 시야를 흐트러뜨리는 위험 요소가 많기 때문입니다. 비닐하우스나 유리창이 햇살을 튕겨내는 순간, 자칫하면 그대로 부딪치거나 눈이 부셔서 방향감각을 잃을 때가 있기 때문입니다.

우연히 백마고지역 안으로 들어가 날개를 접었던 기억이 있습니다. 그곳에서는 신기한 일들이 벌어지고 있었습니다. 역사의 안팎에 혹은 유리문의 앞뒤로 형광색 포스트잇에 갖가지 사연을 적어 붙여 놓은 것을 보았습니다. 사람들이 남과 북의 통일을 기원하며 쓴 내용이었습니다. 부모님에게 보내는 안부 편지가 있는가 하면, 고향에 대한 그리움을 담은 내용은 하나같이 아픈 사연들입니다. 수루미는 그런 모습을 보며 안타까웠습니다. 인간은 두 다리가 있는데, 그 다리로 걸어가서 만나 함께 살면 될 텐데, 왜 저러는지 이해할 수가 없었습니다. 수루미는 포스트잇을 떼어 물고 무작정 날아 북쪽의 사람들에게 보여주고 싶었습니다. 포스트잇을 사람의 손으로 떼어서 없애기 전에 총대를 멘 북쪽 병사의 어깨 위로도 올려주고 싶었습니다.

수루미와 여루미는 끝없이 날다 다시 철원의 들판으로 날아오는 자신들을 느꼈습니다. 조상 대대로 살아온 터전을 멀리하고는 살 수 없다는 것을 몸이 먼저 알고 있는 것입니다.

여루미도 강해지기로 하였습니다. 언제까지 울고 있을 수만은 없는 일입니다. 철원의 하늘을 날아 비무장지대로 몸을 돌리려는데 파도에 밀리는 자갈 소리와도 같은 아우성과 함께 뿌연 흙먼지가 하늘을 덮고 있었습니다. 가까이 날아가 보니 사람들이었습니다. 어마어마하게 많은 사람들이 웅성거리고 있었습니다. 낮게 날며 살피니 사람들이 남과 북을 갈라놓은 철조망을 부여잡고 울고 있었습니다. 처음 보는 일입니다. 늘 정적만 흐르던 곳입니다. 가끔은 한 무리의 사람들이 우르르 왔다가 이리저리 들여다보고 땅굴 속으로 들어갔다 다시 나오고, 어쩌다 총성이 울리고, 어쩌다 대포 소리가 울리는 날에는 소스라치게 하늘로 올랐다 다시 돌아오기를 반복하며 살았던 곳이었습니다.

7. 월정리로

정적만 흐르던 곳입니다. 들짐승과 날짐승만이 평화롭게 오가던 곳입니다. 인간의 발길은 허락하지 않았기에 바람만이 소식을 주고받던 곳입니다. 그곳에는 사람의 키보다 높게 철조망이 가로막혀 있었습니다. 그간 어떤 소식을 주고받았기에 오늘은 수많은 사람이 가시가 돋친 철조망을 맨손으로 움켜쥐고 발을 구르며 울고 있는 것입니다. 사람들의 울음소리가 하늘로 퍼져갑니다. 하늘도 땅도 나무도 함께 울고 있습니다. 철원의 들판에 사는 두루미들이 무슨 일인가 싶어서 날아와 한반도의 허리 위를 비행하고 있습니다. 수루미와 여루미도 높이 날아 올랐다가 다시 하강하여 사람들의 머리를 스치듯 날며 자세하게 살펴보았습니다. 간간이 군인들이 보입니다. 군인들은 그저 지켜만 보고 있습니다. 수루미는 남쪽의 군인과 북쪽의 군인들이 어서 총을 내려놓고 손을 잡았으면 좋겠다는 생각을 하였습니다. 수루미는 여루미와 마주 보고 양 날개를 잡았습니다. 여루미는 수루미의 마음을 알아차렸습니다. 수루미와 여루미는 양 날개를 마주 잡은 채 북쪽과 남쪽을 오르내리며 너울너울 날았습니다. 이 모습을 지켜본 다른 두루미들도 서로의 날개를 마주 잡고 대한민국의 허리 위를 날고 있습니다.

수루미는 이제 스치듯 작은 바람에도 소스라쳐 놀라지 않고, 고막을 찢는 총소리에 시베리아까지 달아났다 다시 오지 않아도 되기를 바랐습니다. 새끼를 잃은 날에는 심장이 터지도록 구름의 층을 거슬러 오르기도 했습니다. 한탄강의 거대한 물줄기에 빨려 들어갈 것 같은 순간에도 날개를 박차고 올랐습니다. 이제 편히 하늘을 날고 싶었습니다.

여루미가 갑자기 동작을 멈칫했습니다. 어수선한 울부짖음 속에서 심장을 찌르는 소리가 들려오고 있습니다. 그 소리는 다름 아닌 어머니의 울음소리라는 것을 알게 되었습니다. 순간 여루미는 잡았던 수루미의 날개를 놓치고 팽그르르 아래로 떨어집니다. 놀란 수루미가 자신의 등으로 받쳐주자 두 마리, 네 마리 다른 두루미들이 날아와 여루미를 받쳐줍니다.

사람들은 가시 돋친 철조망을 맨손으로 움켜쥔 채 통일을 외치고 있습니다. 하늘에서는 두루미들이 양 날개를 마주 잡은 채 하얗게 날고 있습니다.

정신을 차린 여루미는 월정리역의 녹슨 기차를 향하여 날아가고 있습니다. 한줄기의 부드러운 바람이 여루미를 뒤따르고 있습니다.

2부

대한민국 통일 중

1. 미래산부인과

미래산부인과의 나지막한 담장에는 아기 손바닥만 한 담쟁이 잎이 무수히 덥혀있습니다. 담쟁이는 줄기에서 다시 이어진 줄기로 끊임없이 넝쿨을 이어가며 붉은 벽돌담을 파랗게 물들입니다. 가까이 다가가 보면 마디 사이에서 자라나온 흡반 같은 발가락이 시멘트벽을 움켜잡은 채 끊임없이 기어오르고 있습니다.

이상한 일입니다. 줄기는 멀쩡한데 잎사귀는 하나같이 상처 나고 구멍이 나 있습니다. 그야말로 어느 잎 하나 성한 게 없습니다. 그래도 틈새라고는 찾아볼 수 없는 벽돌담을 어찌 저리 섬약한 줄기로 기어오르는지 애처롭기만 합니다. 미래산부인과의 담은 낮아서 더는 오를 곳이 없자, 이제는 담장을 넘어 다시 반대편 아래로 줄기를 뻗어가며 서로를 밀고 당기며 살아가고 있습니다.

눈부시도록 새하얀 원피스를 입은 산모가 남편인 듯한 사내의 어깨에 기대어 스르르 열리는 자동문 안으로 뒤뚱거리며 들어갑니다. 문이 닫히려는 찰나, 다시 스르르 열리더니 두 팔로 아기를 꼭 안은 할머니가 나오고 부스스한 얼굴 하나가 뒤따라 나옵니다. 할머니는 연신 싱글벙글하지만, 아기 엄마는 양손을 허리에 받친 채 슬리퍼를 질질 끌며 뒤따르고 있습니다.

"세상이 달라졌네그려."

할머니가 입술을 오물거리며 중얼거리자 뒤따르던 아기 엄마가 다가가 강보의 수건을 펼쳐 아가의 이마를 가려줍니다.

미래산부인과의 자동문으로 드나드는 사람들은 문턱이 없어져서 편해졌습니다. 일주일 전까지만 해도 자갈밭을 지나 시멘트로 된 3개의 계단을 밟고 올라야만 병원으로 들어갈 수가 있었습니다. 그 길을 넘나들며 더러는 발목을 다치기도 하고, 무릎이 깨지기도 하여 사람들의 불편함은 이만저만이 아니었습니다. 그러면서도 사람들은 미래산부인과로만 몰려들었습니다. 그 병원으로 가야만 마음을 놓았습니다. 미래산부인과의 원장선생님은 출산 도중 문제가 생겼을 때 대처 능력이 뛰어나기 때문입니다.

"아, 조심해서 드나들면 되지, 조심하면."

큰소리치며 고집을 부리던 원장님이 자신의 발목이 접질

리는 바람에 자갈밭이 없어지고 저렇게 어엿한 자동문이 탄생하게 된 것입니다.

담쟁이를 따라 오르려다 떨어지기라도 한 것인지, 새로 만들어진 자동문으로 들어가려는 시도인지 지렁이 한 마리가 온 몸에 모래흙을 뒤집어쓴 채 시멘트 바닥에서 꾸물거리고 있습니다. 수많은 발길이 지났을 텐데, 밟히지 않고 용케도 살아 있습니다. 자세히 보니 그 옆으로 또 한 마리의 지렁이가 한쪽 고개를 치켜든 채 사력을 다해 꿈틀거리고 있습니다. 대기는 메마른 유월, 비 냄새를 풍기지도 않는데, 어디서 기어 나와 어디로 가고 있는 것인지 알 수가 없습니다. 예측하건대, 자동문을 설치할 때 바닥에 시멘트를 쏟아붓고 굳히는 동안 더 이상 숨을 쉴 수 없게 되자 간신히 기어 나온 것 같습니다. 그러고는 제 갈 곳을 찾지 못하고 저리 고개를 곧추세우고 몸부림치는 건 아닌지 안타깝기만 합니다.

아기의 울음소리 하나 들리지 않는 미래산부인과는 간간이 슬리퍼 끄는 소리만 들릴 뿐, 고요하기만 합니다. 오직 1층 맨 안쪽에 있는 분만실에서만 툴툴거리는 말소리가 새어 나옵니다.

“아, 아이야, 미역 줄기 타듯 주르륵 미끄러져 나와 울음한 번 터트리면 되는 놈의 것을"

의사 선생님은 연신 손등으로 땀을 닦으며 쇳소리를 내지릅니다.

"엄마가 저리 복달을 하니 원, 애들이 불안해서 나오나."

어깨가 구부정한 원장님은 고개를 절레절레 흔드십니다.

"내 원, 내 평생 아이를 받아봤어도 이런 경우는 참 처음이야, 처음."

창가의 장미꽃도 이미 송이마다 힘을 잃고 고개를 떨어트리고 있습니다. 아내의 출산 소식을 듣고 병실로 뛰어올 때 한 씨가 들고 온 꽃입니다.

지금 산모의 배 속에는 쌍둥이가 있는데, 두 아기가 서로 먼저 나오려고 해서 이렇게 심하게 고생을 하는 거라 합니다. 원장선생님께서 말씀하시기를, 이럴 때일수록 엄마가 마음을 편하게 먹어야 한다는 겁니다. 그래야지만 아기들도 자연스럽게 순서대로 세상으로 나온다는 겁니다.

"이러다 사람 잡겄수. 어여 배를 열어 얼라들을 끄잡아 내야 쌍둥이든 어멈이든 살든가 말든가 하지, 아무래두 원!"

꼬박 이틀을 고생하자 원장님은 수술을 하자고 하십니다. 그러나 산모는 입을 앙다문 채 완강히 고개를 흔듭니다.

"내가 배 아파 낳을 거예요."

입술은 유월 가뭄에 논바닥같이 갈라져 헐떡거리면서도 고집을 피웁니다.

"아, 애들을 어여 나오라 허든가, 허."

원장님은 산모의 어깨를 툭 건드리며 말끝마다 '허' 소리로 호통을 치십니다. 그러나 말과는 달리 손바닥을 엎혔다 제쳤다, 올렸다 내리기를 반복하며 차분하게 심호흡을 하라고 가르쳐 주십니다. 양다리를 어정쩡하게 벌리고 상체를 구부렸다 폈다를 반복하며 산모와 호흡을 맞추느라 콧구멍까지 벌름거리십니다. 산모는 의사 선생님을 따라 숨을 들이쉬었다 내쉬었다 호흡을 반복합니다. 원장님께서 나가시자 산모가 양손을 배에 얹고 아가들을 달랩니다.

"아가들아, 이제 그만하고 어서 만나자."

입술을 달싹거리며 아가들을 달래는 아내의 모습을 보며 남편인 한 씨도 간절하게 마음을 전합니다.

까마득한 시간이 야속하게만 흘러갑니다. 간혹 아가의 울음소리가 들리면 뒤이어 슬리퍼 끄는 소리가 들려오고, 복도에서는 시계의 추가 흔들리는 소리뿐, 미래산부인과는 고요하기만 합니다. 그 가운데 깜빡깜빡 잠이 들다 깨다, 진통에 시달리기를 반복하던 산모가 갑자기 훌쩍거리기 시작합니다.

유리 벽 너머에서 지켜보던 의사 선생님이 조심스럽게 손잡이를 돌려 문을 열고 들어오십니다.

"이 사람아, 이렇게 엄마가 되는 거여."

이번에는 호통을 치는 게 아니라 조용히 산모의 어깨에 손을 얹어 위로해 줍니다.

"엄마아."

선생님의 말이 끝나기도 전에 봇물 터지듯 눈물을 흘리며 엄마를 찾습니다. 엄마가 자신을 낳을 때 이렇게 고생했을 거라는 생각이 든 것입니다. 처음 임신을 하고 육체의 변화를 겪으며 생명의 신비로움에 매료되었던 날들, 부모님으로부터 생명을 받아 어른이 되어 다시 생명을 잉태하게 되었다는 벅찬 감동의 순간들, 지난 10개월간 지나온 시간의 여정이 스쳐 지나가자 자기도 모르게 '엄마'를 찾으며 울음을 놓습니다. 원장님은 말없이 바라만 보십니다. 산모는 아예 어깨를 들썩이며 울어버립니다. 한 생명이 세상으로 태어나기까지는 헬 수 없는 고통도 수반한다는 것을 온몸으로 체득하고 있는 것입니다. 한 씨도 말없이 눈물을 삼킵니다.

인간의 탄생을 기다리는 시간은 엄숙하기만 합니다. 한 씨는 아내가 깜빡 잠이 들면 갈라진 입술에 젖은 수건을 올려주며 아기들을 잘 키우리라 다짐을 합니다. 눈을 뜬 아내가 입술을 달싹거리자 가까이 다가가 귀를 기울입니다.

"만약에 내가 잘 못되더라도 애들 잘 키워줘, 부탁해요."

아내의 이야기를 듣던 한 씨의 관자놀이에 파란 힘줄이 도드라집니다. 지치고 힘들기는 서로가 마찬가지입니다. 말없이 아내의 어깨를 다독거리다 밖으로 나와 고개를 수그린 채 눈물을 글썽거립니다.

"생명은 거저 얻어지는 게 아녀 이 사람아. 맘 단단히 먹어."

구부정한 모습으로 화장실에서 나온 원장님이 한 말씀 툭 던지고 지나십니다. 한 씨가 차가운 벽에 기대어 고개를 치켜뜨며 한숨을 쉽니다. 허우적거리며 저만큼 지나다 돌아서 온 원장선생님이 한 씨에게 다시 말을 던지십니다.

"이 밤 지나면 더 이상 안 되어, 끄집어 내야 되어."

한 씨는 말없이 고개를 끄떡입니다.

"허, 그놈들 얼마나 큰 일을 하겠다고 저리 애를 태우는지 허, 참!"

미래산부인과의 원장선생님이 원장실의 문을 열자 동시에 불이 환하게 밝혀졌습니다. 병원으로 온 지 사흘이 지났습니다. 어둠에 쌓여 있던 세상에 여명이 밝아오고 있습니다. 이번에는 뭔가 다릅니다. 산모는 천둥벼락이 치는 것 같고, 같고, 온 몸으로 우레와 낙뢰가 지나감을 느낍니다. 드디어 출산이 임박한가 봅니다. 산모는 이제 힘이 남아 있지 않습니다. 기진맥진하여 말소리도 나오지 않습니다. 두려움이 엄습해옵니다.

"생명이 거저 생기나? 아들이 둘이나 한꺼번에 생기는데."

원장님이 퉅퉅거리듯 말을 던지십니다. 산모는 밀려오는 고통에 이를 앙다물고 심호흡을 하고 있습니다. 원장님도 산모에게서 눈을 떼지 못하십니다. 순간, 산모가 살이 찢어지는 고통과 함께 어디에서 오는지 알 수 없는 힘이 주어짐을 느낍니다. 머릿속으로부터 흘러내린 땀은 산모의 눈으로 입으로 흐르고 더러는 목 뒤로 흘러내려 방금 물에서 빠져나온 듯합니다. 남편 한 씨는 자기도 모르게 무릎을 꿇고 두 손을 모은 채 간절하게 기도를 합니다.

"하나님, 아기들이랑 우리 모두 다 건강하게 만나게 도와주세요."

한 씨 얼굴 역시 땀인지 눈물인지 번들번들합니다.

"아 악!"

산모의 마지막 비명과 함께 한 생명이 웅비하듯 세상으로 나와 그 존재를 알립니다.

한 씨의 어깨가 파르르 떨립니다. 사내아이입니다. 한 씨는 너무나 기뻐서 아내에게 고생했다고 말을 하려는데, 산모는 아직도 정신이 없습니다. 한 아가는 아직도 세상으로 나오지 못하고 있는 것입니다. 산모의 아픔은 길어만 갑니다. 그런데 이게 어떻게 된 일인지, 먼저 나온 아가의 한 손도 아직 완전하게 나오지 않고 있는 것입니다. 자세히 보니, 아직 엄마의 배 속에 있는 아가와 손을 놓지 않고 있는 것입니다. 한 씨는 너무 놀랐습니다. 눈이 휘둥그레져서 원장님의 얼굴을 바라보았습니다.

"아, 침착혀, 침착."

이미 사태를 파악한 미래산부인과의 원장선생님은 열 개의 손가락을 접었다 폈다를 반복합니다. 입으로는 침착하라고 하시지만, 자신은 더 긴장하는 것 같습니다.

한 5분이 지났을까요? 드디어 한 아가도 만세 부르기를 한 채 세상으로 나왔습니다. 쌍둥이 아들이 모두 태어난 것입니다. 간호사가 서로의 손을 잡고 나온 아가들을 나란히 눕혀 놓았습니다. 아가들의 울음소리가 그 존재를 우렁차게 알립니다. 한 씨와 아내는 기쁨과 슬픔이 함께합니다.

한 씨는 두 아이의 이름을 '대한'이와 '민국'이라고 지었습니다. 남북회담이 한창인 시기에 두 아들이 손을 꼭 잡고 만세를 부르며 세상으로 나왔기 때문입니다. 먼저 나온 형의 이름은 ‘대한’이고, 동생은 당연히 ‘민국’이가 된 셈입니다.

2. 힘돌이

쌍둥이는 아버지인 한 씨와 같이 경상북도 의성 지방의 작은 마을이 고향인 셈입니다. 사람들은 마을을 공실이라고도 불렀습니다. 한 씨는 어려서부터 몸이 허약하여 사시사철 누런 콧물을 달고 살았습니다. 누가 톡 건드리기만 해도 넘어져 울음을 터트렸습니다. 겨울 아이들은 가을걷이 끝난 논바닥에 희끗희끗 고여 있던 물이 얼면 너나없이 썰매 타기며 얼음지치기를 하며 마을을 휩쓸고 뛰어다니지만, 어린 통일이는 늘 구경만 할 뿐 놀이에 끼이지를 못하였습니다. 부모님의 걱정은 이만저만이 아니었습니다.

"쯧쯧쯧! 간신히 얻은 아들 하나가 저 모양이니 어쩌냐? 오지게 키워야 할 텐데."

없는 형편에도 몸에 좋다는 보약을 지어 먹이고, 들로 산으로 다니며 약초 뿌리를 캐 먹여도 별 효과를 보지 못하였습니다. 조금만 부딪쳐도 넘어지고 학교는 가는 날보다

가지 못하는 날이 더 많았습니다. 어느 하루 시집간 고모가 친정에 다니러 와서 마늘을 먹여보자고 했습니다. 통일이는 마늘 맛에 질색을 했습니다.

"우리 시댁에서는 마늘을 살짝 삶아 꿀에 재워서 먹던데…."

치선리로 시집간 고모의 말대로 마늘을 익힌 다음 꿀을 발라 먹여보았습니다. 신기한 일이었습니다. 마늘을 먹은 후부터 손발이 따뜻해지고, 다리에도 힘이 생기더니 학교를 빠지지 않고 다닐 수 있었습니다. 잔병치레가 없어진 것은 물론이고, 겨우내 누런 콧물도 달지 않고 뛰어놀 수 있었습니다. 살짝 익힌 마늘의 달착지근한 맛은 언제나 한 씨네 식탁에서 빠지지 않았습니다. 아이들이 톡 건드리기만 해도 징징거리며 집으로 들어오던 아들이 들로 산으로 뛰어다니기도 하고, 잘 어울리며 노는 모습에 부모님은 한 시름을 놓게 되었습니다.

이후 통일이네는 앞산에는 꿀통을 놓고 그 밑으로 치맛자락처럼 펼쳐진 밭에는 마늘을 심었습니다. 익힌 마늘을 꿀과 함께 으깨어 비스킷 사이에 끼워 샌드위치처럼 간식을 만들어 먹이기도 하였습니다.

한통일은 그리 특별한 학생은 아니었습니다. 허약하여

빌빌거리던 아이인지라 건강하게 자라주기만을 바랐습니다. 다행스럽게도 몸이 건강해졌지만, 아직 마음을 놓지 못하였습니다. 통일이 아버지는 아들에게 달리기를 시켰습니다. 마을 산허리를 돌아 헉헉거리며 들어오는 아들에게 이번에는 팔굽혀펴기를 시키기도 하고, 아령을 만들어 팔에 힘을 기르도록 하였습니다. 몸이 제법 탄탄해지자 이번에는 두 개의 기둥 사이에 쇠막대를 수평으로 달아 철봉을 만들어 놓으셨습니다. 아직 중학생이었던 통일이는 양손에 분필 가루를 묻히고 온몸을 제비처럼 날리며 이리 빙글 저리 빙글, 팔에 힘을 키웠습니다. 늘 힘이 없이 누워지내기만 했던 때를 생각하며 입술 끝을 야무지게 밀어 올리고 양손으로 철봉을 놓았다 잡았다 하며 제비처럼 하늘을 날았습니다. 부모님은 이제 마음을 놓으셨습니다.

통일이가 기술직 공무원을 꿈꾸고 공업고등학교에 들어가 며칠 지나지 않았을 때입니다. 마을 입구의 논두렁에는 언제부터인지 알 수 없으나, 트럭의 짐칸이 처박힌 채 흉물스럽게 녹슬어가고 있었습니다. 그 속에는 온갖 쓰레기가 쌓여 있었습니다. 마을 회의에서 의논했던 대로 트럭의 짐칸을 치우기로 한 날입니다. 해가 지나며 눈비가 내리고, 녹슬고 삭아진 채로 깊이 박혀 가던 터라 엄두를 내지 못하고 있던 일입니다.

통일이도 바지를 둥둥 걷어 부치고 맨발로 논바닥으로 들어갔습니다. 어른들 틈에 끼어 얼굴이 벌게지도록 삽질을 하였습니다. 어느 만큼 실체가 드러나자 길 가에 세운 경운기와 녹슨 짐칸을 끈으로 연결하였습니다. 마을 사람들의 얼굴에는 기대와 염려가 함께 묻어있습니다. 이장님이 경운기를 운전하면 논바닥에서는 사람들이 짐칸을 밀어 올리기로 하였습니다.

모두 힘차게 밀어 올렸습니다. 논바닥의 찰진 흙 속에 오래 박혀있던 터라 몇 번을 풀썩거리더니 드디어 짐칸이 끌려 나왔습니다. 마을 사람들은 통일이가 힘을 보태는 모습에 뿌듯해하였습니다.

"이젠 영락없는 힘돌이일세그려."

"그러게 말여, 베베 꼬였던 다리는 옛말인 게여."

사람들은 기분 좋아 한마디씩 하였습니다. 그때부터 통일이는 힘돌이라는 별명을 갖게 되었습니다.

해마다 추석 명절이면 군내에 장사씨름대회가 열립니다. 그러면 또 해마다 효자 정재수 동상이 우뚝 세워진 사곡초등학교를 지나 양지 다리를 거쳐서 변함없이 누런 황소 한 마리가 한 씨네 외양간으로 늠름하게 걸어 들어왔습니다.

“황소 들어가십니다, 길을 여시오.”

마을 이장님이 손을 휘저으며 황소를 끌고 들어와 외양간에 묶어주고 가십니다. 그뿐이 아닙니다. 팔씨름대회가 열리는 날이면 여지없이 통일이네 집 부엌에 금빛 반짝이는 냄비가 놓여집니다.

통일이의 고모님은 같은 면 내의 선암마을로 시집을 갔습니다. 오빠네 집에 다니러 올 때마다 징징거리며 손톱 밑에까지 배인 마늘 냄새가 가실 날이 없다며 하소연을 늘어놓곤 하였습니다. 더위가 시작되는 여름이면 끝도 없이 이어진 비닐하우스며 창고에서 밤낮없이 마늘을 손질해야 하는 ‘마늘 시집살이’는 그곳 며느리들만의 공동의 애환이요, 어느 구름에서 비가 내릴지 모르는 막연한 미래의 꿈이기도 합니다. 그렇게 벌어들인 수입으로 가르친 아이들이 더러는 입신양명의 꿈을 이루어 마을 입구에 ‘축 환영! 치선리 ○○○ 사시합격!’이라는 현수막이 걸리기도 하기 때문입니다. 사실 마늘이야 같은 면 내의 치선리가 그 본고장입니다. 지금도 치선 2리에 가면 마을 입구에 ‘치선 2리 선암 마을 최초 마늘 재배지’라는 선간판이 있습니다.

공실은 두메산골인데, 언제부터인가 사람들이 입소문을 타고 힘돌이를 찾아 들어오기 시작했습니다. 한 씨의 소문을 듣고 씨름선수가 되자는 등, 야구선수로 키우겠다는 등, 조용하던 마을에 자동차 소리가 들리기 시작하였습니다. 마을 입구의 둥구나무 주변에는 돌 평상이 있습니다. 여름이면 사람들이 느티나무 아래의 돌 평상 위에 앉아 장기를 두며 시간을 보내는 곳입니다. 돌은 세모꼴 부채처럼 펼쳐져 있어 제일 어른이 꼭짓점에 앉으시고, 차례차례 바깥쪽으로 사람들이 앉아 놀며 서로의 안부를 묻기도 합니다. 문제는 꼭지 부분이 길의 가운데까지 나와 있어 사람이야 피해 다니면 그만이지만, 자동차가 드나들면서부터는 애물단지가 된 것입니다. 사람들은 둥구나무 주변에 자동차를 세워놓고 걸어 들어가야 했습니다. 갑자기 비가 내리는 날, 비 맞은 생쥐 꼴이 된 어느 나그네가 심술궂은 말로 투덜거렸습니다.

"아, 이 동네에 힘장사가 있다면서 이만한 돌 하나 못 옮겨?"

고등학생이 된 통일이는 그 소리를 전해 듣고 약이 올랐습니다.

그간 신작로는 부채 바위 때문에 길이 두 쪽으로 동강이 나서 쪽길이라고도 불렀습니다. 가을이 되면 둥구나무 주변에는 리어카가 나란히 놓이곤 했습니다. 곡식을 거둬서 경운기에 싣고 이곳 둥구나무까지 와서 다시 작은 리어카에 옮겨 싣고 쪽길을 지나 집으로 날라야 했기 때문입니다.

통일이는 가만히 있을 수가 없었습니다. 매일매일 돌의 꼭짓점과 자신의 몸통에 새끼줄을 감고 길가 쪽으로 돌을 끌었습니다. 마을 어른들은 당최 말라며 손사래를 쳤지만 통일이는 포기할 수 없었습니다. 그러나 한 쪽에서는 '마늘 먹던 힘 어디 갔냐?'며 힘을 보태주는 사람들도 있었습니다. 사실 공실 사람들은 '엄마 젖 먹던 힘'이라는 말 대신 '마늘 먹던 힘' 좀 써 보라는 말들을 주고받으며 살아왔습니다.

통일이가 부채 바위와 씨름을 한 지 사흘째 되는 날입니다. 마침 비가 와서 물기를 머금은 흙이 부드러워지고 거대한 돌은 조금씩 움직이기 시작하더니 방향을 틀기 시작을 하고, 시나브로 꼭지가 길가 쪽으로 옮겨지기 시작하였습니다. 공정리 사람들은 물론이고, 소문을 듣고 찾아와 구경하던 이들은 입을 다물지 못했습니다. 드디어 이장님이 통일이를 태운 경운기를 몰고 쫙 트인 신작로를 어엿이 지나던 날 부녀회에서는 잔치를 벌였습니다.

"되았어, 되구야 말았어."

사람들은 돼지고기 첨을 우물거리고 막걸리 잔을 부딪쳤

습니다. 북과 장구와 꽹과리를 치며 밤이 깊도록 이날을 기념하며 놀았습니다.

이제는 자동차가 시원하게 달릴 수 있게 되었습니다. 대처로 나가는 길이 훤히 트인 어엿한 길이 된 것입니다. 소문은 바람을 타고 날아다녔습니다. 어느 대학에서는 4년 동안 장학금을 주겠다는 제의도 있었습니다. 그러나 아버지는 때를 기다리자고 하였습니다.

3. 쑥떡보 명자 씨

'어쩌면 좋을까?' 한 씨는 손가락이 붙은 쌍둥이를 어떻게 키워야 할 지 밤잠을 못 이루고 고민하였습니다. 한 아이가 울면서 버둥거리면 다른 아이도 놀라 울며 아가들이 잠을 이루지 못하였습니다. 한 달 두 달 시간이 지나면서 아가들은 서로의 필요에 의하여 손을 당기고 밀면서 자연스럽게 한 몸이 되었습니다.

대한이와 민국이는 웬만하면 집에서만 생활하였습니다. 붙지 않은 손으로 서로의 밥을 먹여주고 얼굴을 씻겨주고 코도 풀어주며, 둘만의 방법을 터득하며 살아갑니다. 마치 혼자서 손이 세 개인 듯 서로의 필요를 채우고 나누며 살아가는 법을 터득하였습니다. 여름이나 겨울이나 붙은 손을 가리느라 긴 소매 옷을 손끝까지 내려 입어야 해서 좀 불편하긴 하지만 마을 사람들 외에는 잘 알지 못하였습니다.

한 씨는 고개를 갸웃거리며 고심하며 살았습니다.

'분명 무언가가 있을 거야. 거저 되는 일은 없어.'

대한민국의 산과 들에는 조상들이 먹어오던 그 모습 그대로의 먹거리가 철마다 피어나고 다음 해를 기약하며 떠나갑니다. 논과 밭과 산과 바다에는 성실하게 가꾸면 얼마든지 먹고 살 수 있다는 것을 한 씨는 잘 압니다. 밭고랑에, 산 중턱에, 바람 살랑거리는 길 가든 어디라도 때가 되면 올라오는 여러 종류의 나물들은 한 해의 건강을 지켜주고 입맛을 북돋워주기에는 그만입니다.

자연이야말로, 흙이야말로 가장 성실한 농부입니다. 흙의 순전함은 예나 지금이나 그대로입니다. 북풍한설 동장군이 몰려와도 씨앗과 뿌리는 땅속 깊은 곳에서 움츠리고 돌아올 봄을 기약하며 견뎌냅니다. 더구나 우리나라는 사계절이 뚜렷하여 때마다 피고 지며 주어지는 먹거리가 어느 나라보다 풍부합니다.

"여기, 이곳에서 살면 되는 거야."

한 씨는 다시 한 번 스스로에게 다짐을 합니다. 대한, 민국 두 아들을 이곳 농촌에서 자연과 더불어 키우기로 마음을 굳혔습니다.

쌍둥이 엄마 명자 씨의 손톱 밑에는 선명한 반달이 드러납니다. 그러나 오뉴월이면 엄지와 검지 끝에 언제나 녹색 쑥물이 들어 있습니다. 그녀는 어려서부터 '쑥떡보'라는 별명을 달고 자랐습니다. 봄이면 들판에 제일 먼저 솟아오르는 쑥을 뜯어 고소한 콩가루를 곁들여 국을 끓이거나 쑥버무리를 해주면 울다가도 뚝 그쳐 그런 별명을 갖게 된 것입니다. 그래서 그런지 자라면서도 감기 한 번 걸리지 않고 누구나 한 번은 지나야 한다는 수족구도 스치듯 지나가 버렸습니다. 명자 씨는 해마다 3월이면 나물 바구니를 들고 제일 먼저 올라오는 쑥을 뜯어옵니다. 여린 쑥으로는 쇠고기를 다져서 완자를 빚은 다음 된장을 풀어넣고 애탕국을 끓여냅니다. 그런 날이면 가족들은 한 그릇씩 뚝딱 먹고 온몸과 마음에 퍼지는 봄 향기를 경험하는 것입니다. 시간이 허락하는 날에는 뿌리째 캐온 쑥을 그늘에 재운 다음 기름을 두르지 않은 프라이팬에 볶다 식히고, 유념하고 덖는 과정을 거쳐서 쑥차를 만들어 냅니다. 은은한 쑥차의 향기는 가족들을 저절로 찻자리 앞으로 다가오게 합니다. 투명한 유리 찻종에 우려서 마시는 쑥차의 향은 마음으로 스며듭니다. 가족이 둘러앉아 조용히 눈을 감고 자연의 맛을 음미하는 것입니다. 명자 씨의 바지런함은 이것만이 아닙니다. 오월 단오 무렵이면 들판이나 논두렁 밭두렁에 아이들의 키만큼이나 우뚝 자란 쑥을 뜯어 잎 부분이 아래로 쳐지도록 성글게 엮어 매달아 놓습니다. 그녀는 어느 것

하나 소홀함이 없습니다. 아직 쑥이 덜 마른 채로 통풍 잘 되는 한지에 싸서 무거운 돌로 눌러 놓으면 수분이 약간 있는 채로 발효되어 약 효능 뛰어난 쑥을 얻을 수 있습니다. 지금도 한 씨네 뒤꼍의 처마 밑에는 시래기와 함께 잘 마른 쑥이 자기들끼리 바스락거리며 소곤거리고 있습니다.

3년 묵은 쑥이 7년 된 병을 고친다는 말이 있습니다. 옛날 어느 고을 관리에게 무남독녀 외동딸이 있었습니다. 그 딸이 원인을 알 수 없는 병에 걸려 7년째 고생하고 있었습니다. 관리의 걱정은 이만저만이 아니었습니다. 딸이 혼기가 차자 이 집 저 집 명망 높은 집으로 매파를 보냈지만, 신붓감이 원인 모를 병을 앓고 있다는 사실을 알고는 하나같이 외면을 하고 맙니다. 관리는 금이야 옥이야 키운 딸이 이 모양이니 마음이 숯덩이처럼 타들어 가기만 합니다. 이제는 더 이상 어찌할 수 없는 지경에 이르자 관리는 하인을 불렀습니다. 그 하인이 자신의 딸을 흠모하고 있다는 사실을 알고 있기 때문이었습니다. 사실 하인을 내치려고 마음을 먹기도 하였습니다. 그러나 백약이 무효인 딸을 위하여 지푸라기라도 잡는 심정으로 말을 하였습니다.

"자네가 내 딸의 병을 고쳐준다면 사위로 삼겠네."

하인은 뛸 듯이 기뻤습니다. 주인집 아씨가 문밖 출입을 못 하자 답답하였기 때문이었습니다. 반드시 흠모하는 아씨의 병을 고치리라 마음 먹은 하인은 혼자 고민하다 마을의 할머니에게 방법을 물었습니다. 그러자 할머니께서는

"3년 된 쑥을 달여 먹여보게나."

하고 가르쳐 주셨습니다. 하인은 할머니에게 3년 된 쑥을 얻어와 그날로 달여서 관리의 딸에게 먹였습니다. 딸은 너무 써서 넘기지를 못하였습니다. 다시 할머니에게 도움을 구한 하인은 이번에는 쇠고기 완자를 넣어 '애탕국'을 끓여서 먹이자 딸의 몸이 가벼워지기 시작했습니다. 그 후 하인은 관리의 사위가 되었습니다.

삼월 인진쑥은 능히 병을 고치지만, 사월 제비쑥은 불쏘시개밖에 안된다고 합니다. 쌍둥이 엄마 명자 씨는 쑥의 다양한 요리를 배우고 만들어 먹으며 자라 왔기 때문에 시집와서도 여전히 쑥을 뜯으며 살아갑니다.

뒷집의 서 씨 할머니는 양손을 무릎 위에 얹은 채 가르릉가르릉 소리를 내며 기어다니십니다. 그런데다 신경통까지 있어서 누워계시는 날이 더 많습니다. 쌍둥이 엄마는 쑥의 여린 싹을 생즙으로 짜다가 마시게 하여 진정시켜 드리기도 하였습니다. 한 사흘 쑥의 생즙을 마시고 나면 할머니는 한결 가벼워진 몸으로 밭에 나가 돌을 고르고 검

불을 걷어내며 농사준비를 하십니다. 논두렁밭두렁에 지천으로 피고 지는 쑥은 아무리 밟히고 뭉개져도 다시 일어서 그 생명을 이어갑니다.

쑥에 대하여 누구보다 잘 아는 명자 씨가 임신한 아이가 쌍둥이 임을 알았을 때 내심 기뻐했습니다. 좀 힘이 들더라도 두 아이를 함께 키우면 서로 의지하며 살게 될 것이기 때문이었습니다. 그러나 쌍둥이가 손이 붙은 채로 나올 줄은 꿈에도 몰랐습니다. 어떻게 하면 아이들이 행복하게 살아갈 수 있을까 고민에 빠졌습니다.

출산을 마치고 사흘이 지나자 명자 씨의 몸이 가벼워지기 시작하였습니다. 그러나 쌍둥이 아기들의 손을 보면 고민이 깊어지기만 하였습니다. 한 아가가 울면서 버둥거리다 손을 휘저으면, 다른 아가도 딸려가며 놀라서 허우적거리기를 반복합니다. 명자 씨는 아무에게도 말을 하지 않은 채 때가 되면 반드시 수술하여 아이들을 자유롭게 해주리라 마음의 다짐을 하였습니다.

남편인 한통일 씨는 한마을에 자라면서 늦도록 코를 흘리고 징징거리던 친구입니다. 그 친구가 중학교를 졸업할 무렵부터 힘돌이가 되고, 제비처럼 날렵하게 철봉 위를 나는 모습을 보고 명자 씨의 마음에는 잔잔한 바람이 일기 시작하였습니다.

김명자는 여자고등학교를 다니고 한통일은 공업고등학교에 다녔습니다. 워낙 시골이었기에 버스에서 내려 집으로 걸어가는 길은 멀기만 하였습니다. 학교가 끝나고 집으로 돌아오는 길에 늦게 되는 날이면 여고생 명자의 책가방은 유난히 짐스럽기만 합니다. 자전거로 통학하는 통일이가 휘리릭 지나는 길에 명자의 가방을 자전거에 실어다 주면 그 날은 가볍게 집으로 옵니다.

봄비가 내리는 날은 통일이가 명자를 자전거 뒤에 태워서 집으로 데려다주기도 하였습니다. 마을에는 학생들이 그리 많지 않았고, 특히 등하교 길이 같다 보니 자연스럽게 둘만의 교제가 이루어지는 것입니다.

느닷없이 소나기가 내리는 날에는 통일이가 바빠집니다. 명자네 학교 앞에서 기다렸다가 우르르 몰려나오는 여학생들 사이로 자전거로 지나며 먼저 우비를 던져주고 다시 돌아서 골목길에 들어서서야 명자를 태우기도 하였습니다. 아무리 우비를 입었어도 내리는 비가 얼굴을 때리고 옷 속으로 스며드니까 어서 집엘 가려고 자전거를 빠르게 몰아갑니다. 울퉁불퉁한 길을 덜컹거리게 되면 통일이의 뒷자락을 잡았던 명자의 손이 자연스럽게 허리를 감싸게 되고,

통일이는 입이 벙글어지며 더 꽉 잡으라고 소리를 칩니다.

계절이 바뀌어 하늘이 높아가고 들판의 벼가 누렇게 익은 날에는 자전거를 놀뫼하산으로 몰고 가 한참을 노닥거리다 오기도 하고, 윤동주의 별 헤는 밤을 읽거나 헷세의 시집을 주고받으며 자연스럽게 함께 하는 시간이 많아졌습니다.

명자네는 대대로 이 마을에 뿌리를 내리고 살아왔습니다. 타지에서, 그것도 북한에서 내려와 간신히 발붙이며 살아가는 집의 아들을 사위로 맞아들이기는 쉬운 일이 아니었습니다. 명자 역시도 고민이 없을 수가 없었습니다.

"세상은 정만으로만 사는 게 아녀."

"뭐, 볼 게 있어야 말이지."

마을 전체가 한 집안이라 어른들이 툭툭 던지는 말은 명자에게 오히려 오기를 주었습니다.

'괜히 난리들이야.' 명자는 혼자 입을 삐죽거렸습니다. 졸업을 앞둔 해 초겨울이었습니다. 예년에 없던 폭설이었습니다. 갑자기 추워진 날씨에 통일이는 마음이 바빠졌습니다. 얼른 집으로 와서 무릎 담요를 준비하여 자전거를 몰았습니다. 명자는 이제 날씨가 궂은 날에는 통일이를 기다립니다. 통일이가 데리러 올 것 같은 날에는 으레 학교 앞 떡볶이 집에 들어갑니다. 어묵 국물이 뿌옇게 피어오르는 사이로 수선스럽게 학생들이 오고 가도 문밖으로 통일이가 오는 모습은 용케도 알아봅니다. 명자는 얼른 일어나 문을 열고 나가 자전거를 탔습니다. 막 출발하려는 찰나에 골목에서 나온 자동차와 부딪치고 말았습니다. 통일이와 명자는 길에 나동그라지고 자전거는 종잇장처럼 쭈그러졌습니다.

통일이와 명자는 같은 병원에 입원하게 되었습니다. 통일이는 팔이 부러지고 어깨와 이마가 깨졌습니다. 명자는 다리를 심하게 다쳤습니다. 통일이는 이마와 어깨를 꿰맸고, 명자는 다리에 깁스를 하였습니다. 사흘이 지나자 학교 친구들이 병문안을 왔습니다. 마침 통일이가 명자를 휠체어에 태우고 병원의 매점에서 군것질하는 모습을 보았습니다. 소문은 일파만파 퍼져 나갔습니다. 은밀하게 떠돌던 소문이 사실로 드러난 것입니다.

일요일 아침, 무심코 창밖을 내다본 명자는 소스라치게 놀랐습니다. 통일이가 자전거를 몰고 자기 집 주변을 맴돌고 있는 것입니다. 명자는 급하게 옷을 챙겨 입고 나가서 어른들이 눈치채지 않게 얼른 자전거의 뒷자리에 탔습니다. 통일이는 이제 사람들의 눈에 띄는 일이 문제가 되지 않았습니다. 일상생활이 시들해지고, 명자와 함께 있고만 싶고, 오직 명자를 바라보고만 싶습니다. 그 아이의 오물거리는 입술에 자신의 입을 맞추고 싶어서 몸이 뜨거워집니다. 명자가 뒤에 타자 쏜살같이 자전거를 몰아갑니다. 놀뫼하산의 입구에 자전거를 세우고 골짜기를 흐르는 물에 발을 담그고 고백을 할 예정입니다.

지난겨울 폭설이 아직 녹지 않은 너덜겅을 지나는 길에 자전거가 이리 비틀 저리 비틀 요동을 치다 굴러떨어지고 말았습니다. 그 순간에도 통일이는 자전거를 내팽개치고 명자를 잡았습니다. 양팔을 뒤로 돌려 명자의 어깨와 머리를 끌어안고 굴렀습니다. 명자는 통일이의 심장 뛰는 소리에 정신이 없었습니다. 말이 필요 없게 되었습니다. 둘은 몸은 구르면서 자연스럽게 입술이 포개어졌습니다. 누가 먼저랄 것도 없이 사랑을 확인하는 순간입니다. 소문은 바람보다 빠르게 퍼져만 갑니다. 뭐, 둘이 서로 좋아하는 사이인 것은 확실하지만, '명자가 임신을 했다더라'는 소문은 명자네 부모님의 얼굴을 화끈거리게 하였습니다. 그러나 손귀한 집에서 임신이라는 말에 만수 씨는 슬그머니 미소를 지으십니다.

학교를 졸업하고 통일이는 아버지의 말씀대로 직업훈련소에 들어가 기술을 익혔습니다. 반년이 채 안 되어 취업을 하고 어엿한 직장인이 되었습니다. 부모님은 얼마 안 되는 땅뙈기로 농사를 짓고 살다 아들이 월급쟁이가 된 것에 대하여 뿌듯해하셨습니다.

"일이 이리 된 거 어쩌겠수? 하루라도 빨리 결혼시킵시다."

명자 씨는 아버지가 통일이 아버지에게 선심 쓰듯 던지는 말에 괜히 심술이 났었습니다. 과거에 어찌 살았든 지금은 잘 살고 있고, 무엇보다 자신들의 의견은 들어보지도 않은 일방적인 결정에 당황스럽기도 하였습니다. 그러나 통일이를 생각하면 가슴이 설레기만 하였습니다. 마치 자석에 끌려가듯 거역할 수 없는 감정에 선택의 여지가 없었습니다.

명자 씨가 뜯어온 쑥으로 만든 쑥떡을 이제는 남편의 입에 넣어주기도 하였습니다. 뒤돌아 생각해보면 큰 무리 없이 자연스럽게 부부의 인연이 된 것처럼 쌍둥이 아들들의 앞길에도 자연스러운 길이 열리기를 바랐습니다.

4. 오래된 쌍둥이

신작로 건너 화목리는 예로부터 사람들이 웃으며 살아서 지어진 이름이라고 합니다. 마을 입구의 돌비석에는 '화목한 마을, 화목리'라 쓰여 있고, 이름을 감싼 아래로는 스마일 표시가 그려져 있습니다. 이 마을에도 할아버지 쌍둥이가 살고 있습니다. 사람들은 오래된 쌍둥이라고 불렀습니다. 형님은 '선남'이고, 동생은 '선북'입니다. 큰아들 선남 할아버지는 화목 1구에 살고, 둘째 아들 선북 할아버지는 길 건너 2구에 삽니다. 쌍둥이 할아버지는 가까이에 살면서도 몇십 년째 서로의 얼굴을 보지 않으며 살고 있습니다. 이 할아버지들의 노모는 편찮으셔서 문밖 출입을 못 하신 지가 오래되었습니다. 그 어머님이 위독하게 되었다는 소문이 공정리까지 들려왔습니다. 오랫동안 전해오는 웃지 못할 이야기는 마을에 전설처럼 내려옵니다.

화목리에는 어른 걸음으로 열 발짝쯤 되는 개천이 흐르

고, 비가 많이 오면 돌다리가 물에 잠겨 어쩔 수 없이 외나무다리로 건너야만 했습니다. 그런데 늘 별것 아닌 일로 티격태격하던 쌍둥이 형제가 하필 비 오는 날, 시뻘건 흙탕물이 내려가는 외나무다리에서 마주쳤습니다. 어떤 일이었던지는 시간이 지나 알 수 없으나, 쌍둥이 형제는 누구 하나 양보는커녕 얼굴을 외면한 채 한나절을 버티고 서 있었습니다. 사람들은 그 모습을 멀찌감치서 지켜보며 어떤 일이 일어날까 기대 반, 호기심 반으로 바라보고 있었습니다. 오후 서너 시가 되자 쌍둥이 형제는 그 자리에 등을 대고 주저앉아 먼산바라기를 하였습니다. 사람들 말로는 이 쌍둥이 형제가 배는 고프나 오기는 있고 하니, 그만 주저앉았을 거라고 말들을 하였습니다.

"쯧쯧! 고집까지도 영락없는 쌍둥이네그려."

구경하다 지친 마을 사람들은 더러는 자기 일을 보러 들어가고, 더러는 소리를 지르기도 하였습니다.

"예끼! 못난 사람들 같으니라구."

이야기를 들은 부인들이 와서 서로를 끌고 당기다, 네 사람이 동시에 물속에 빠지고 말았습니다. 그때는 이미 시간이 많이 지난 후라 물이 다 빠져 돌다리도 드러나 있었다고 합니다. 사람들은 형제의 고집이 고래 심줄보다 더 하다며 고개를 돌리고 말았습니다. 쌍둥이 형제의 부모님은 애간장이 타들어 갔습니다. 두 아들네 집을 오가며 내 죽는 꼴 보려고 이러느냐며 아무리 야단을 하고, 어르고 달래도 소용이 없었습니다. 시난고난 속을 끓이시던 아버지가 화병으로 돌아가시자 어머니마저 자리에 눕게 되었습니다.

그러고도 시간이 많이 지났습니다. 마을 사람들은 이제는 화해하고 더 늦기 전에 어머님을 모셔야 하지 않겠느냐고 해도 들은 척도 하지 않았습니다. 오래된 쌍둥이 형제는 문밖을 잘 나다니지 않더니 몇몇 이웃과도 담을 쌓고 말았습니다. 문제는 누워계시는 어머니가 산 사람의 모습 같지 않다며 걱정들이 쌓여갔습니다.

읍내 장이 선 날입니다. 화목리 사람들은 너나없이 농산물을 버스에 싣고 장에 나가 팔아서 돈을 마련합니다. 그 돈으로 필요한 물건을 사기도 하고, 그간에 먹고 싶었던 국밥을 한 그릇 사 먹기도 하고, 막걸리 잔을 부딪치며 세상 이야기에 귀를 기울입니다. 할아버지들은 장에 나오는 날은 귀가 열리는 날이라고들 하십니다. 시골 장에는 아직도 약장수가 있습니다. 마이크를 입에 달고 걸쭉한 목소리로 마른 지네며 두더지 등속을 넣고 끓인 무좀약을 판다든가, 애들은 가라며 뱀을 넣고 만든 비방을 가르쳐 주며 히

죽거리기도 합니다. 그런 자리에는 아직도 두루미기에 관모를 정제한 어르신이 한 자리를 차지하고 앉아 긴 담뱃대를 입에 물고 빼끔거리는 모습을 보는 때도 있습니다. 선거철이 다가오면 장마당은 더 술렁거립니다. 정치에 뜻을 둔 사람들이 나와 구십 도로 인사를 하며 자기들을 뽑아달라며 선거운동을 하고, 어느 교회에서는 좌판의 비릿한 냄새 사이로 커피며 물휴지를 나눠주며 전도를 하기도 합니다.

이른 새벽부터 자리를 펴기 시작하여 한낮의 어수선함이 지나면 장판은 느슨해집니다. 아직은 집으로 발걸음하기가 아쉬운지 장터를 슬렁거리는 노인에게 이때다 싶게 떨이라며 봉지째 담아 건네며 하루를 마감합니다.

선남 할아버지도 거나하게 취하여 집으로 돌아가는 길이었습니다. 마침 같은 버스에 동생인 선북 할아버지도 타게 되었습니다. 두 분은 느지막이 장을 나가 파장 무렵이 돼서야 집으로 오는 버스를 타게 된 것입니다. 선남 할아버지는 동생이 뒷자리에 있는 걸 의식하고 다른 날보다 유난히 몸을 흔들거리십니다. 요사이 들어서 어머님이 위독하다며 마을 사람들의 눈총에 심기가 꽈배기처럼 꼬여있기 때문입니다. 옆에서 말 시중을 드는 노인은 동생인 선북 할아버지에게 이쪽으로 오라고 손짓을 합니다. 취중에 말을 섞다 보면 자연스럽게 마음이 열리게 된다는 것입니다. 그러나 동생 할아버지는 창밖만 바라보실 뿐 말을 듣질 않으십니다. 사실 뭐 이런 일이 한두 번이 아닙니다. 할아버지들은 그리 넓지 않은 장터에서도 한두 바퀴 돌다 보면 앞서거니 뒤서거니 뒤통수를 보게 되기도 하고, 좁은 장터에서 서로 마주치기도 하는데, 그럴 때마다 고개를 외로 꼬고 뒷짐을 진 채 그냥 지나치기만 합니다.

버스가 화목리 정거장에 도착하였습니다. 앞에서부터 사람들이 내리기 시작하고 선남 할아버지도 내리는데, 그만 깜박하고 장 봐온 보따리를 그대로 두고 내리는 것입니다. 그 안에는 모르긴 몰라도 꼬질꼬질 손때가 묻은 손지갑이 들었을지도 모르고, 약장수에게 산 무좀약이 들어 있을지도 모르는 일입니다. 다음 장날까지 먹을 생선이며 마늘쫑의 싱싱한 줄기가 드러나 보이기도 합니다. 선북 할아버지는 두 눈으로 보면서도 그대로 내려 제 갈 길을 가고 맙니다. 운전기사가 백미러로 바라보다가 어이없다는 표정으로 일어나 창밖으로 휙 던져주었습니다. 동생인 선북 할아버지는 여전히 제 갈 길을 가고 술에 취해 비틀거리던 선남 할아버지는 어깨 위로 떨어지는 물건을 정리하면서 연신 흥얼거리십니다.

"사는 게 뭐, 별거 있더냐! 어쩌다 보니 여기까지 왔는데…."

마을 어른들의 걱정이 깊어지자 한 씨는 대한이와 민국이에게 선남, 선북 할아버지네 집으로 달려가 노할머님이 위독하다고 알려주라고 일렀습니다. 대한이와 민국이는 좁은 밭고랑을 지나 마을을 빠져나가 화목리로 들어가는 다리를 건너며 발걸음을 점점 빨리하여 달렸습니다. 선남 할아버지네 집으로 가서는 '지금 노할머님이 위독해요.'라는 말을 전해드렸습니다. 그러나 선남 할아버지는 뒷짐을 진 채 먼 산만 바라보십니다. 할 수 없이 대한이와 민국이는 다시 달려 동생인 선북 할아버지네 집으로 가 다시 말씀드렸습니다. 선북 할아버지는 자신은 잘못한 일이 하나도 없다시며 등을 돌려버리십니다.

대한이와 민국이는 마음이 급해졌습니다. 눈도 잘 안 보이고 귀도 잘 들리지 않는 노할머님은 숨이 목에 차서 꼴딱할 지경인데, 저렇게 서로에게 미루기만 하니 참으로 안타까운 일입니다. 시간이 얼마 남지 않았다는 걸 안 쌍둥이는 머리를 맞대고 고민을 하더니 한 가지 꾀를 생각해냈습니다. 그 말을 빨리 전할 생각에 마구마구 달렸습니다.

하루 이틀 화목 1구에서 2구로, 다시 공정리로 달리다 보니 둘이서는 보폭이 잘 맞고 호흡까지도 한 몸이기나 한 듯 척척 맞아떨어졌습니다.

마을 사람들도 하나같이 걱정을 하십니다. 오래된 쌍둥이 형제의 냉전이 이제는 풀려야 한다고들 하십니다. 착하고 부지런하시던 노할머님께서 어서 일어나시기를 기다리십니다. 마을 사람들의 걱정이 깊어지자 1구에 사는 선남 할아버지의 마음이 움직이기 시작했습니다. 2구에 사는 동생 할아버지도 마찬가지였습니다. 그러나 마음만 풀렸을 뿐이지 선뜻 다가가지 못하고 망설이기만 하였습니다. 어서 어머니를 병원으로 모셔야 하는데, 그러지 못하는 스스로를 부끄럽게 생각하고 있었습니다.

대한 민국 쌍둥이는 이튿날, 무작정 형님인 선남 할아버지네 집으로 달려가 이렇게 말씀드렸습니다.

"할아버지, 선북 할아버지가 노할머니 모시고 병원에 가자셔요."

대한이의 입에서 이 말이 떨어지자, 주름투성이인 선남 할아버지의 눈에서 뜨거운 눈물이 흘러내렸습니다. 대한이와 민국이는 마음이 급했습니다. 서로의 눈을 마주친 다음 다시 동생인 선북 할아버지네로 바람처럼 달렸습니다. 숨이 턱에 닿은 채 뛰어 들어갔습니다.

"할아버지, 형님 할아버지가 미안하대요."

쌍둥이가 헉헉거리며 말을 하자 동생인 선북 할아버지가 휘청거리며 주저앉았다 일어서다를 반복하며 허둥거리기만 하셨습니다. 대한 민국 쌍둥이는 계속해서 말씀을 드렸습니다. '형이 무조건 미안하다, 어서 어머니 모시고 병원에 가자'는 말도 해 드렸습니다.

선남 할아버지는 밤이 새도록 뒤척거리십니다. 잠을 이룰 수가 없었습니다. 더 이상 지체하다가는 평생의 후회로 남을 것만 같았습니다. 아무리 생각하여도 자신이 형이니 먼저 가서 동생의 손을 잡아야 할 것 같았습니다. 그러나 어떻게 동생의 집 쪽으로 발길을 옮겨야 할지 막막하기만 하였습니다. 생각하면 부끄러운 일이지만, 지난 세월 동생의 집 근처로는 발길을 돌리지 않고 살아왔습니다. 너무 오랜 세월이 흐른 것입니다. 밤새 이리 뒤척 저리 뒤척 잠을 이룰 수가 없었습니다. 드디어 새벽녘에야 좋은 생각이 떠올랐습니다. 날이 밝으면 막걸리를 한 사발 마시고 무작정 동생네 집으로 가 말없이 동생의 손을 잡으리라 마음의 다짐을 하였습니다.

이제 잠을 좀 자 둬야 할 것 같습니다. 마음을 굳게 먹고 눈을 감았습니다. 쉽사리 잠이 오지 않아 뒤척거리기만 하였습니다. 그런데 뭔가 인기척이 들리는 듯합니다. 바람결에 나뭇잎이 구르는 것 같았습니다. 간신히 잠이 들 무렵 또 다시 창호지를 스치는 인기척에 눈을 떴습니다. 이상한 일입니다. 몸을 일으킨 선남 할아버지가 방문을 열고 고무신을 찾아 신으려고 몸을 돌리는데 무언가 푸드덕 옆에서 쓰러집니다. 할아버지는 너무 놀라 그만 주저앉고 말았습니다.

"흐엉, 뭐여?"

"혀엉니임…!"

놀란 할아버지가 달빛에 의지해 자세히 보니 동생인 것입니다. 선남 할아버지처럼 잠 못 들고 뒤척이던 동생 할아버지가 먼저 형님을 찾아온 것입니다.

"내가 속이 좁아 이 지경까지 온 거 같구먼요, 형님 용서하슈."

동생 할아버지가 뜨거운 눈물을 흘리며 용서를 빌었습니다. 형님인 선남 할아버지가 동생의 말에 대답을 하십니다.

"하도 오래전의 일이라 다 잊어버리고 이젠 미워하는 마음 하나만 남아있는 게지."

바싹 마른 손을 내밀어 동생의 얼굴을 감싸며 가랑가랑

말을 이으십니다.

"내가 형답지 못했지, 부끄럽기만 하네. 다 내가 잘못한 거이네."

쌍둥이 할아버지들은 서로의 손을 마주 잡더니 엉거주춤 다가가 서로의 얼굴을 파묻고 꺽꺽거리며 어깨를 들썩거립니다. 그 밤 오래된 쌍둥이 형제는 지난 이야기를 하며 창호지가 새하얘지도록 날을 밝혔습니다. 두 할아버지는 그 길로 어머님에게 달려갔습니다. 송장처럼 누워 계시던 어머님이 눈을 치켜뜨고 아들들을 바라보십니다. 얼마 만인지 희미하게나마 얼굴에 미소도 지으십니다.

5. 아리랑 아리랑 아라리요

화목리와 공정리의 부녀회에서 마을잔치를 벌이기로 하였습니다.

"아, 아, 잘 들리는가 모르겠네. 고집불통 선남 선북 형제가 반세기도 넘게 왕래도 없이 지내다 드디어 화해를 했습니다. 아, 그래서 화목리 마을회관에서 금일 잔치가 열릴 예정이니 한 분도 빠짐없이 회관으로 모여서 축하해 주시기 바랍니다."

화목리의 이장님이 이른 아침 회관으로 나가 방송을 하였습니다. 공정리의 이장님도 같은 내용으로 방송하자 사람들은 너나없이 회관으로 모여들었습니다. 먼저 화목 1구에 사는 선남 할아버지가 마을 사람들에게 큰 절을 올렸습니다. 동생 할아버지도 엉거주춤 형님 옆으로 서서 절을 올렸습니다. 그러고는 두 손을 모은 채 엉거주춤 서 있습니다.

"죄송하게 됐구먼요."

선남 할아버지가 허리를 굽신거리며 인사말을 하자 선북

할아버지도 덩달아 허리를 굽신거리며 옆에 서 있습니다. 마을 사람들은 절하는 모습까지도 닮았다며 기분 좋게 손뼉을 쳤습니다.

“드디어 우아래 갈라져 살던 살던 화목 1구랑 2구랑 통일이 된 거구먼.”

쌍둥이 할아버지들의 골 깊은 눈에서는 뜨거운 눈물이 흐르고 있습니다. 두 부인은 연신 벙글거리며 사람들에게 막걸리를 따라드립니다. 이장님의 부인들은 삶은 돼지머리를 썰어내느라 여념이 없습니다. 화목 1구 마을회관은 문이 활짝 열려 있고 사람들이 신발이 수북하게 널려 있습니다. 부녀회원들은 음식을 만들고 나르느라 분주하기만 합니다. 사람들은 맨발로 신발을 밟으며 드나들고 아이들의 손에도 과일이며 과자가 들려 있습니다. 멍멍이 뜬순이와 검둥이도 뼈다귀를 뜯으며 꼬리를 흔들어댑니다.

40년을 속앓이하던 선남, 선북의 노모님이 병원에 계시다 마을회관의 한쪽에 누워계셨습니다. 할머니가 서서히 몸을 일으켜 앉으시더니 덩실덩실 춤을 추십니다. 벽에 기대신 채로 어깨를 들썩이시며 주춤주춤 양팔을 올렸다 내렸다 춤을 추십니다. 사람들은 곧 쓰러질 것만 같은 노할머니를 따라 덩실덩실 춤을 춥니다.

"아리라앙 아리라앙 아 라아 리이요오 오오, 아 리라앙 고오 개에 로오 넘어 간다~."

누군가가 아리랑을 부르자 노할머님도 아리랑을 웅알거리기 시작합니다. 처음엔 무슨 소리인가 귀 기울이던 마을 사람들도 모두 함께 어우러져 아리랑을 부르며 춤을 춥니다. 오른팔을 올려 흔들기도 하고, 왼팔을 올려 너울거리기도 하며, 아리랑 가락에 몸을 맡기고 울면서 웃으면서 어우렁 더울렁 아리랑 춤을 춥니다.

노할머님은 쌍둥이 아들을 키우고 먹이느라 안 해 본 일이 없었습니다. 열여섯 살에 신랑 될 사람 얼굴 한 번 못 보고 화목리로 시집이라는 길을 온 이후로, 평생 좋은 꼴이란 보지 못하고 죽나 생각하였습니다. 쌍둥이 두 아들을 낳기 전에 젖먹이 어린 딸을 집에 두고 건너 마을 유모로 들어가야 했습니다. 내 자식 집에 두고 남의 아이에게 젖을 물리며 '아가야, 조금만 참아다오' 웅얼거리다 깊은 밤, 한달음에 달려와 젖을 먹이고 가슴을 치며 돌아가는 길에는 눈물로 발등을 적셨습니다. 젖먹이가 죽자 바람처럼 떠돌고 싶어 보따리 행상으로 이름 없는 섬으로 가 며칠씩 갇혀 나오지 못하던 일, 그곳의 여인들이 잎담배를 주기에 둘둘 말아 피운 담배 하며, 생각하면 지난하기 짝이 없는 세월을 살았습니다. 커다란 가마솥에 엿을 고아 파느라 하도 저어 일자로 닳은 놋주걱 하며, 일생 좋은 꼴이란 쌀가마에서 뉘 골라내듯 하기만 합니다.

그런데 오늘 안 보고 살던 쌍둥이 두 아들이 손잡은 모습을 보니 일생의 한이 누에 풀리듯 술술 풀어져 내립니다. 할머니는 자신도 모르는 새에 어깨춤이 절로 나고 아리랑이 흥얼거려지는 것입니다.

노할머님의 마지막 일은 목욕탕의 때밀이였습니다. 영감은 평생 돈 한 푼 벌어다 줘 본 일이 없는 위인이었습니다. 어쩌다 마을 사람들이 주선하여 일거리가 생기면 몇 푼 벌었다는 기념으로 술을 마시고 남의 밭을 빌려 시금치 씨앗이라도 뿌려 놓으면 농약을 잘못 쳐서 비들거리다 죽기가 일쑤였습니다. 결국, 남는 것이라고는 빚뿐이었습니다. 그러니 굶을 수는 없는 일이고, 몸을 써야만 돈이라는 걸 구경할 수 있었습니다. 새마을 운동이 일어나며 공장들이 들어서더니 마을 입구에 굴뚝 높이 목욕탕이 우뚝 섰습니다. 배운 건 없어도 셈본 정확하고 손끝 야무지다 하여 사람들의 주선으로 목욕탕에서 남의 몸에 때를 벗겨내기 시작한 것이 꼬박 이십여 년 세월이었습니다.

"한 섬은 될 거이네, 섬 하나."

당신의 손으로 사람들의 몸에서 밀어낸 때가 그렇다는 이야기입니다. 날이 밝으면 습관처럼 일어나 목욕탕으로 가 청소를 시작하고 어둠을 밀어내며 하루를 열어야 했습니다. 노할머니가 마지막으로 때를 밀어준 사람은 피부색이 검은 아이들이었습니다. 물론 별의 별 사람들을 다 보고 들을 소리, 못 들을 소리 들으며 '니 뱃속에 끼인 때나 벗겨라'라고 욕을 해대며 밀어준 때까지 합하면 한 섬은 될 거라는 것입니다.

화목리 마을회관에 할머니가 들어서면 다른 할머니들은 나팔처럼 귀를 열었습니다. 목욕탕에서 보고 들은 경험은 날이 가고 해가 가도 늘 낯선 사람들의 이야기이고, 진기한 이야기였기 때문입니다. 논두렁 밭두렁에서 흙만 밟으며 살아가는 할머니들입니다. 물론 아들딸이 있기는 하지만, 젊은 여인네의 엉덩이가 매끈거리는 타일의 감촉 같다는 말과 함께 건넛마을 처녀가 목욕 온 날에 보았던 젖꼭지는 처녀의 것이 아니었노라고 쑥덕거리기도 하였습니다. 어느 새벽에는 탕에서 심장마비로 죽은 아랫마을 여자를 봤다는 것입니다. 목욕탕의 구석에 오롯이 앉아 시퍼런 눈으로 자기를 바라보더라며 혀를 내두를 때는 모두가 몸서리를 치기도 하였습니다.

"먼 데 아프리카에서 왔다네? 애들이 이빨만 허연 것이 온통 까매여."

어린 나이에 화목리로 시집이라고 와서 평생을 살아온 노할머니에게 외국인, 그것도 피부색이 검은 아이들을 보는 일은 놀라운 경험이었습니다.

"애들이 자꾸 울어."

지라니 합창단은 아프리카 케냐의 빈민가 아이들로 구성되어 있었습니다. 이 아이들 대부분은 당장 먹을 것이 없어 쓰레기 더미를 뒤져야 했고, 공부하고 싶지만 학교 문턱에도 갈 수 없는 아이들이었습니다. 전기가 들어오지 않아 밤이 되면 암흑 속에서 지내야 했습니다. 어느 뜻있는 사람이 아이들에게 먹을 것을 주며 노래를 가르치기 시작했고, 그 아이들에게 새로운 세상을 보여주기 위하여 한국으로 데려와 여기저기 무대에 서면서 알려지기 시작하였습니다. 한국으로 아이들을 데려오는 과정을 듣는 일은 눈물 없이는 들을 수 없는 내용입니다. 노할머니는 그때의 이야기를 할 때면 무릎 위에 올려놓은 손가락을 짚어가며 낯설기만 한 아이들의 이름을 되뇌었습니다. 합창단의 단장님이 주었다는 카탈로그는 십 년이 넘어서 형체를 알아볼 수 없이 나달나달해져 있습니다.

가장 큰 문제는 오랜 내전을 겪으며 지나온 나라이니만큼 호적이 없는 아이들이 많았습니다. 아이들을 한국으로 데려오기 위해서는 우선 출생신고부터 해야 하고, 여권을 만들어야 하는데, 부모를 찾을 수 없는 아이들이 있는가 하면 이유 없는 반대로 발을 동동 구르며 오지 못한 아이들도 있었습니다. 그런 우여곡절을 겪으며 한국으로 온 이후 가는 곳마다 노래를 불렀습니다. 사람들은 그 사연을 듣고 후원이 이어졌고, 아이들은 행복해하였습니다. 아이들이 부르는 노래는 쓰레기더미에 피어난 평화의 메시지였습니다. 노할머님은 어느 날 자신이 일하는 목욕탕에 시커먼 사람들이 우르르 들어오는데, 처음에는 자신의 눈을 의심하였습니다.

'죽을 때가 되어가니 저승사자들이 벌거벗고 데리러 오는구나!'라고 생각하였답니다. 더 놀라운 일은 아이들이 목욕이 끝나자 옷을 다 입고는 탈의실에 주욱 서서 노래를 부르는데, 뭐라는지 알아들을 수는 없지만, 마음이 따뜻해지고 위로가 되었다고 합니다.

"사람 팔다리가 원숭이처럼 긴 것이 영 이상혀."

노할머니께서는 온갖 일을 겪으며 자신은 왜 이리도 험상스런 삶을 살아야 하나 참 많이도 울고, 억울해하였다고 하십니다. 보이지 않는 손에 끌려 여기까지 왔고, 이런 삶을 살았노라고 이야기를 할 때면 할머니들은 각자의 설움에 겨워 함께 눈물을 훔치기도 하였습니다.

아리랑 춤을 추던 노할머님이 힘에 부치는지 스르르 누우십니다. 선남 선북 두 아들이 달려가 어머님을 부축하여 드렸습니다. 노할머니는 이가 다 빠져 흐물거리는 얼굴로 미소를 지어 보입니다.

"이제 되았네, 이제는 눈 감아도 되겠네."

사람들은 여전히 아리랑 가락에 춤을 춥니다. 선남 선북 형제는 어머님에게 눈을 떼지 못하고 계십니다. 선북 할아버지가 형님에게 눈물을 흘리며 말을 합니다.

"형님, 옛날에 말유, 외나무다리로 걸어오는데, 형님이 건너올 때까지 기다리든지, 나는 다음에 일을 보든지…, 생각하면서두 형님이 그냥 건너 오길레 에라 모르겠다고 버티다 여기까지 오고 말았네. 내가 말요, 잘못한 게 많네요."

떠듬떠듬 말을 하였습니다. 기다렸다는 듯이 선남 할아버지도 기억이 난다며 고개를 끄덕거리십니다. 그러면서 이렇게 대답을 하였습니다.

"오래 되았지, 질기게도 오래된 일인 게지. 나도 본 거여. 그런데, 자네가 내처 오는 게 아녀? 내가 명실공히 형인데

질 수가 있나? 오기가 나서 오줌까지 지려가면서 버텼던 게지. 그럼 뭘 해? 세월은 잘도 가더라만."

"그러게 말유."

"그간 2구 쪽으로는 고개도 돌리지 않구 사는데 애들 보기도 민망하드라구. 근대 말여, 마음만 그렇지 선뜻 움직여지지 않더라만."

"지두 마찬가지였네여. 아, 장날에 버스 안에서두 슬구머니 다가가 형님 옆댕이에 앉으면 그만일 텐데 그게 안 되더라니께."

어느덧 쌍둥이 형제의 이야기를 들은 사람들은 다들 내 일인 양 기뻐하며 춤을 추었습니다.

"아리랑, 아리랑, 아라리요, 아리랑 고개로 날 넘겨주소~."

노래 소리는 화목리를 건너 돌다리를 지나 공정리에서 다시 또 그 옆 마을로 고을고을 흘러갑니다. 순간, 마을회관에 켜져 있던 티브이에서 전국 마라톤대회를 연다는 소식을 알립니다.

'희망 나누기 마라톤대회'인 것입니다. 희망을 나누기 위함이라는 아나운서의 말을 듣는 순간, 화목리 사람들은 물론 공정리 사람들까지 하나같이 대한이와 민국이를 바라보았습니다.

6. 달궈진 강판 위를 달리다

전국 마라톤대회가 열렸습니다. 어느새 고등학생이 된 대한이와 민국이 형제가 출발선에 서 있습니다. 수많은 사람이 문화체육회관 마당에서 출발신호를 기다리고 있습니다. 신기한 일입니다. 의성 군내를 돌아 사곡면을 지나 사곡초등학교가 도착지점인 것입니다. 대한민국 쌍둥이는 늘 달리던 길이기에 망설일 필요가 없었습니다. 그런데 이상한 일입니다. 어떻게 알고 왔는지 구름떼처럼 몰려온 인파에 어리둥절합니다. 늘 달리면서 살아온 쌍둥이는 오래된 쌍둥이 할아버지들 집을 오가며 마을 어른들의 심부름 할 때처럼, 그렇게만 달리자고 각오를 단단히 하고 있습니다.

드디어 출발신호가 울렸습니다. 쌍둥이는 달리기 시작하였습니다. 마이크를 손에 든 아나운서와 카메라맨들도 달리고, 하늘에서는 헬리콥터까지 떠 가며 대한이와 민국이의 일거수일투족을 살피고 있습니다. 대한이와 민국이는 구름 위를 나는 기분입니다. 그러나 침착해야 하기에 둘의 마음이 조금이라도 흔들리거나 지치거나 하면 붙은 손을 조금 늦추어 천천히 달리고, 힘이 날 때면 약속이나 한 것처럼 속도를 내어 바람처럼 달렸습니다. 아무 것도 문제 되지 않았습니다. 다만, 사람들의 벌떼 같은 시선과 찰거머리처럼 옆에서 뛰는 카메라맨들 때문에 좀 불편하지만, 그 정도야 문제가 되지 않았습니다. 공정리에서 화목리로, 화목 1구에서 다시 화목 2구로 선남, 선북 할아버지들의 노할머니를 위해 달리듯 침착하게 달렸습니다. 보폭에 맞춰 호흡을 맞춰가며 함께 달렸습니다. 남들은 알 수 없는 고통의 시간들, 그 시간을 이기기 위해 흘렸던 눈물들, 대한이와 민국이는 각자 생각에 잠겨 달렸습니다.

대한이와 민국이가 한 몸이라는 사실을 처음 알게 되었을 때 나머지 한 손을 마주 잡고 많이도 울었습니다. 어렸을 때는 서로 의견이 맞지 않아 무섭도록 싸우기도 했습니다. 싸움은 지옥 같았습니다. 5분 차이로 태어났으니 형, 동생 할 필요가 없다며 붙은 손을 있는 힘껏 잡고 붙지 않은 손으로는 치고 때리고 밀다 넘어져 함께 뒹굴던 적이 한두 번이 아니었습니다. 이젠 필요 없으니 손을 잘라 갈라서자고 잡아 늘이기도 하고, 내 눈앞에서 사라지라고 발로 차기도 했던 날들을 기억하며 달렸습니다. 그러나 그런 행동들이 다 소용없는 싸움이라는 것을 누구보다 자신들이 더 잘 알게 되었습니다. 마음으로는 알면서도 화해가 되지 않았습니다. 중학교 때는 며칠 동안 말을 안 하고 잠에서 깬 아침은, 일어나지도 않은 채 한나절을 누운 채로 버틴 적도 있었습니다. 부모님은 언젠가는 치러야 할 과제라며 모르는 척하셨습니다. 아무도 문제를 해결해 주지 못한다는 것도 자신들이 가장 잘 알게 되었습니다. 부모님께서 그렇게 싸울 거면 수술을 해서 떼라고 하십니다. 그러나 할아버지의 반대로 참고 있는 것입니다.

'신체발부 수지부모(身體髮膚 受之父母)'를 강조하시면서 할아버지는 '내 눈에 흙이 들어가기 전에는 안 된다'며 호통을 치십니다. 더 어이가 없는 일은 이제 통일이 얼마 남지 않았으니 통일 되면 북의 고향으로 가서 어른들의 무덤에 절을 올리고 그 모습을 그대로 보여드린 후에 수술을 하든 말든 하라는 것입니다. 서릿발 같은 어른의 말을 거역할 수가 없는 것입니다.

사실 돌로 내리쳐서 피가 낭자하게 흐르던 적이 있었습니다. 상처가 많이 나고 무서웠지만, 이를 악물고 잡아떼면

떨어질 것 같기도 했습니다. 둘은 너무 아프고 두려워 동시에 얼싸안고 마구 울었습니다. 대한이와 민국이는 이제 떨어진다는 사실이 두렵습니다. 한 몸으로 살아가지만, 둘의 머리로 생각하면 서로에게 든든한 기둥이 되기 때문입니다. 이제는 맛있는 음식이 있으면 서로의 입에 먼저 넣어줍니다. 부모님이나 다른 이들은 의좋은 형제라고 기특해하지만, 대한이와 민국이는 그렇게 해야지만 살아갈 수 있다는 걸 너무도 잘 알기 때문입니다.

대한이와 민국이는 벌떼같이 왕왕거리는 사람들 속을 달리면서 참 많은 생각을 합니다. 학교에서 친구들이 놀리던 일, 화장실에 함께 들어가야 하는 불편함, 그러나 달리다 보면, 열심히 살다 보면 다 잊게 되는 별 일 아니라는 것도 자신들에게 주어진 삶을 통하여 터득하였습니다. 하나가 잘못하여 혼이 나면 동시에 벌을 받아야만 하고, 개구진 친구들이 놀리면 동시에 달려들어 싸우다 더 속이 상하던 일들, 둘은 동시에 얼굴을 마주 보았습니다.

사람들은 신기하게 바라보기도 하고, 카메라맨들은 더 바짝 들이대며 셔터를 눌러댑니다. 달리다 목이 마르면 붙은 손에 살짝 힘을 주고 서서 물을 마십니다. 그럴 때 카메라 터지는 불빛은 더 어수선합니다. 다른 선수들도 힐끗힐

끗 바라보며 달립니다. 대한이와 민국이는 아랑곳하지 않고 서로의 눈을 마주 보고 보폭을 맞추어가면서 목적지를 향하여 달려갑니다.

엄마와 아빠는 세상에서 가장 소중한 것은 사람의 목숨이고 따뜻한 마음으로 얼굴을 마주 보고 함께 먹고 함께 웃으며 살아가는 일이야말로 가장 행복한 삶이라고 가르쳐 주셨습니다. 대한이와 민국이는 같이 살아야 하기에 서로의 필요를 채워주기 위해 노력하였습니다. 대한이는 무녀리인지라 성장이 늦고 식성도 까다로워 몸이 허약한 편입니다. 세상으로 나오기 위하여 사흘이나 고생을 하며 용을 쓰느라 태중에서부터 몸의 진이 다 빠져나갔습니다. 그러나 동생인 민국이는 모든 것이 순조롭습니다. 밥을 잘 먹으니 자연스럽게 화장실에도 자주 가게 됩니다. 형은 화장실에 갈 일이 뜸한데 동생 때문에 자주 가야 하니 그때마다 웃을 수만은 없었습니다. 그래도 성격 좋은 동생이 손을 스윽 당기며 미소를 지으면 앞장서서 화장실의 문을 열어주었습니다. 형인 대한이는 바지를 내려주는 일까지도 참을 만합니다. 그러나 지독한 냄새를 참으며 기다려야 하는 건 정말 짜증이 나는 일입니다.

대한이는 용돈도 많이 모았습니다. 군것질을 하지 않기

때문입니다. 반면에, 민국이는 뱃속에서부터 형님 손을 잡느라 욕심이 많았던지라 밥을 다 먹고도 늘 군것질을 해댑니다. 그래도 둘은 달리는 일만은 그치지를 않았습니다. 달리지 않으면 마음이 답답하기 때문이었습니다. 좀 화가 나서 서로의 마음에 미움을 담고도 달렸습니다. 티격태격하다가도 폭신한 흙을 밟고 맑은 공기를 마시며 달리다 보면 저도 모르게 미운 마음이 사라지고 서로를 이해하는 시간이 되기도 합니다.

"내가 느려서 미안해."

형이 먼저 말을 하면 동생은 대답하였습니다.

"맨날 더러운 냄새 맡게 해서 미안해, 형아야."

이렇게 서로 주고받다 보면 그냥 웃음만 나와 씨익 미소 지으며 마주 보았습니다. 사실 대한이는 동생인 민국이에게 늘 미안한 마음이 큽니다. 함께 달리면서도 언제나 자신이 느리기 때문입니다. 눈보라가 몰아치는 겨울에는 칼바람을 온 몸으로 맞으며 달려야 했고, 느닷없는 소나기로 생쥐 꼴이 되어서도 달리기는 멈추지 않았습니다. 한여름 땡볕 속을 달릴 때는 달궈진 강판 위를 달리는 것처럼 뜨거움과 싸워야 했습니다. 둘은 그렇게 사춘기의 어수선한 마음을 달리며 이길 수 있었습니다. 혼자가 아니라 의지가 되었고, 언제부터인가 나지막한 소리로 헛샤!, 헛샤! 박자를 맞추며 달렸습니다. 어느 때는 못마땅하여 토라져 있다가도 화해하고 싶으면 누군가가 먼저 헛샤를 외치면 그대로 피식 웃으며 운동화 끈을 함께 묶기도 하였습니다.

중학생이 되었습니다. 대한이와 민국이는 1학년 1반입니다. 아직 서로를 잘 몰라 반 친구들 모두가 서먹서먹하던 때였습니다. 그러나 초등학교 때부터 같은 학교에 다니던 아이들은 이 반 저 반으로 왁자지껄 몰려다니다 복도에서도 몸으로 부딪치며 여전히 극성스럽기만 했습니다. 2반에 있는 대국이는 유난히 덩치도 크고 마을이나 학교에서 이름난 짱입니다. 학교에 가는 길이나, 집으로 오는 길에 대국이는 쌍둥이를 보기만 하면 말없이 앞으로 서서 두 팔을 벌려 길을 막아섭니다.

하루는 대한이가 화장실이 급한데 길을 막고 비키지를 않자 쌍둥이는 짜증을 부렸습니다. 그러자 대국이는 능글거리며 양손으로 대한이와 민국이의 머리통을 하나씩 잡고 늘 하던 대로 '쌍둥이니까 아주 붙어라'라며 대한이와 민국이의 머리를 붙였다 떼었다를 반복합니다. 그날 대한이는 바지에 오줌을 지려야 했습니다. 언제나 그렇듯이 대국이는 선생님들이 보이지 않는 곳에서만 아이들을 괴롭힙니다. 발육이 유난히 좋아서 다른 친구들보다 머리통이 하나 더 있어 아이들은 그 친구의 눈에 뜨이지 않기만을 바랄 뿐이었습니다.

그날도 대한이와 민국이는 화장실 앞, 우람한 느티나무 뒤에서 딱 걸린 것입니다. 지금 대한이는 화장실이 급한데 낭패입니다. 속이 부글거려 아침밥을 제대로 먹지 않는다고 엄마에게 잔소리 듣다 한 숟갈 먹은 게 화장실을 부른 겁니다. 속은 부글부글 끓고 다리는 자꾸 오므려져 참을 수가 없었습니다. 그대로 쏟아져 나올 것만 같았습니다. 그러나 대국이는 두 팔을 벌리고 길을 막아서며 비켜주지를 않았습니다. 대한이가 소리쳤습니다.

"난 지금 급하다고!"

그러나 대국이는 몸을 이리저리 흔들며 더 약을 올리기만 하였습니다. 이제 대한이는 더 참을 수가 없었습니다. 맞아 죽더라도 어서 화장실을 가야 했습니다. 바짝 약이 올라 더 크게 소리쳤습니다.

"똥 나온다고, 씨발!"

그러자 대국이는 온몸을 건들거리며 더 약을 올리기만 합니다.

"똥싸라 똥 싸. 쌍둥이니까 똥두 같이 싸면 되겠네."

라며 대한이와 민국이의 머리통을 한 손으로 한 명씩 잡고 이번에는 뒤통수를 붙였습니다. 그러면서 이런 말을 하였습니다.

"쌍둥이니까 똥을 싸서 같이 뭉겨라."

대한이는 더 참을 수 없어 온 몸을 버둥거리며 소리를 고래고래 질렀습니다. 몸이 약한 형을 보는 민국이는 언제나 마음이 안됐었는데, 오늘은 당하고만 있을 수가 없었습니다. 너무나 화가 나서 한 대 치려고 손을 뻗어 보지만 팔 길이가 워낙 긴 대국이는 오히려 위에서 더 누르기만 하였습니다. 쌍둥이는 밑으로 눌려 다리가 휘어지면서도 눈으로 대화를 나누며 공격을 하기로 마음먹었습니다.

"헛샤 헛샤 이얍!"

소리를 지르며 동시에 튀어 올라 붙은 손으로 힘차게 대국이의 턱을 올려붙였습니다. 대국이가 휘청하자 쌍둥이는 그동안 받은 수모를 생각하며 이번에는 둘이 힘을 합쳐 그대로 밀어붙여 계속해서 공격하였습니다. 드디어 대국이가 쓰러지자 이번에는 마구잡이로 짓밟았습니다. 대국이가 쩔쩔매는 동안 쌍둥이는 얼른 화장실로 뛰어들어갔습니다. 아무도 본 사람이 없었습니다. 그날 대한이는 속옷까지 모두 갈아입어야 했습니다. 사흘이 지났습니다. 그야말로 폭

풍이 지나간 후의 적막이 감돌았습니다. 대국이는 입술이 터져 피가 맺혀 있었습니다. 처음 있는 일이었습니다. 대한이와 민국이는 이제 두려울 게 없게 되었습니다. 그동안 괜히 당하기만 했다고 아쉬운 마음도 들었습니다. 당당하게 가슴을 펴고 다녔습니다. 아무도 모르는 일입니다. 이틀이 더 지나자 쌍둥이에게 쪽지가 왔습니다. 대국이가 보낸 것입니다.

'느티나무 밑에서 점심시간에'

쌍둥이는 점심 식사를 제대로 할 수가 없었습니다. 좀 불안하기도 하였습니다. 쌍둥이는 붙은 손에 힘을 주어 서로를 위로하며 마음의 다짐을 하였습니다.

"괜찮아, 별일 없을 거야. 헛샤!, 헛샤!"

"이제는 당하지 말자. 헛샤! 헛샤!"

점심시간이 끝나갈 무렵, 아이들은 이미 식사를 마치고 화장실도 다 지나간 후였습니다. 대국이는 먼저 와서 기다리고 있었습니다. 쌍둥이가 다가가자 몇 발짝 다가왔습니다. 대한이와 민국이는 똑같이 마음이 타들어 갔습니다. 그럴 때일수록 붙은 손에 힘을 주어 서로를 의지하였습니다. 붙어있는 손으로 서로의 감정이 잘 전달되었습니다. 말하지 않아도 눈을 바라보지 않아도 전해오는 손의 감각으로 서로를 너무도 잘 알고 있습니다. 그동안 억울하게 당했던 일을 기억하며 이를 악물었습니다.

"그동안 미안했다, 짜식들, 쎈데?"

대국이는 그 말을 남기고 씨익 웃더니 대한이의 어깨를 툭 치며 건들건들 지나가 버렸습니다.

또 하나의 골칫덩어리가 있긴 하지만, 그다지 큰 문제는 되지 않았습니다. 아직도 제 혼자 깔쭉거리지만, 쌍둥이는 그저 의연할 따름이었습니다.

7. 갈등

"야들아, 이걸 좀 저그 순돌이네 집 좀 가져다 주그라."

대한 민국 쌍둥이가 한참 달리다 보면 화목 1구에 사는 꽃무늬 할머니가 다리 건너 화목 2구의 사촌네 집으로 심부름을 시키십니다. 언제나 알록달록 꽃무늬가 있는 몸빼 바지를 입는다 해서 붙여진 이름입니다. 마을 어른의 생신이거나 제사가 있는 날에는 쌍둥이의 발걸음이 더 빨라집니다. 이 집 저 집으로 음식을 날라다 드리기도 하고, 이러저러 소식을 전해드려야 하기 때문입니다. 할머니들은 쌍둥이가 달려가는 뒷모습을 보면 고개를 끄덕이며 든든해 하셨습니다.

그런데 유독 쌍둥이네 아랫집에 사는 철수는 늘 자기네 집 근처를 지나치지 못하게 하였습니다. 마을 어른들이나 제 엄마에게 잔소리를 들으면서도 그 성격이 바뀌지 않습니다. 이장님댁의 애호박에 나뭇가지를 박아놓고 쌍둥이가 그랬다고 덮어씌우지만 믿을 사람은 아무도 없습니다. 전교생이 모이는 운동회 날이면 철수의 목소리가 울려 퍼졌습니다.

"쌍둥이 붙어쟁이."

어디에서 나는 소리인지 분간할 수도 없고 보이지도 않았습니다. 그러나 쌍둥이가 1반, 철수는 2반이니까 바로 옆 반에서 소리치는 것일 겁니다. 누군가가 듣다 듣다 시끄럽다고 말리는 소리가 들려야만 '쌍둥이 붙어쟁이' 소리는 사라졌습니다. 대한이와 민국이는 달리다가도 소철이네 집 부근을 달릴 일이 생기면 더 바람같이 지나갔습니다.

지난봄, 쌍둥이가 철수네 벚나무 밑을 달릴 때였습니다. 팝콘 터지듯 피어난 꽃잎이 살랑거리는 바람에 나풀나풀 춤을 추듯 내리던 날이었습니다. 꽃향기에 취한 쌍둥이는 쉬어가자며 그대로 걸터앉았습니다.

"난, 진짜 달리기 선수가 되고 싶어. 넌?"

대한이가 느닷없이 물었습니다. 민국이는 5분 먼저 태어난 형이 자기의 소원을 말하자, 자기도 모르게 고개를 끄떡여주었습니다. 사실 민국이는 국제변호사가 되고 싶었습니다. '소년 전태일'은 민국이가 국제변호사의 꿈을 갖는 데 결정적 영향을 주었습니다. 세상에는 어렵고 힘들고 가난

한 수많은 사람들이 있다는 것과 억울하게 당하고도 오히려 누명을 쓰며 살아가는 사람들이 많다는 것을 배웠습니다. 아프리카의 작은 나라에서는 물조차 마시지 못하고 누울 집도 없이 병에 걸려 죽어가는 수많은 친구들이 있다는 것도 배웠습니다. 그 사람들은 자신들이 얼마나 어렵고 힘이 드는지, 그것조차도 알지 못한 채 살아가고 있다는 것 또한 알았습니다. 민국이는 그런 사람들에게 힘이 되고 싶은 것입니다.

"으음, 난 좀 더 생각해 보구, 그치만 어차피 같이 달려야지 뭐."

말이 끝나기도 전에 어느새 달려온 철수가 마구잡이로 발길질을 해대는 것입니다. 왜 자기네 밭에 함부로 누워있느냐는 것이었습니다. 다른 사람들이 아무리 밭둑을 지나도, 다른 아이들이 아무리 벚꽃을 함부로 따고 사진을 찍어도 말없이 바라보기만 하던 철수는 유독 쌍둥이에게만 드잡이를 하는 것입니다. 이미 쉴 만큼 쉰 쌍둥이는 말없이 일어나 툭툭 털고는 다시 달렸습니다. 사실 둘이 함께 해대면 철수 하나쯤이야 문제가 되지 않지만, 어머니가 누가 뭐래도 참아야 한다고 단단히 일러 주셨기 때문에 봐주는 것입니다. 어머니는 이웃이니까 참으라, 더 기다리면 괜찮아질 게다, 그 아이는 성품이 원래 그런 아이니까 참아줘라, 너희는 둘이니까 참아라, 입이 닳도록 말씀해 주셨습니다. 그러나 어머니의 말씀과 달리 대한이와 민국이는 남과의 싸움보다는 자기와의 싸움이 얼마나 더 힘든 일인지 잘 알기에 철수 하나쯤이야 문제가 되지 않았습니다.

고등학교에 진학해서도 역시 같은 반 같은 자리에 앉을 수밖에 없었습니다. 대한이와 민국이는 이름 자체도 불만인 때가 있었습니다. 시골의 작은 마을에 사는 자기네들에게 너무 거국적인 이름을 지어준 아버지가 원망스럽기도 하고, 좀 부담스럽기도 하였습니다. 어느덧 대한이와 민국이도 다리가 굵어지고 몸에 근육이 붙기 시작했습니다. 대한이는 구레나룻이 생기고, 민국이는 코 밑에 거무스름하게 변해가고 있었습니다. 그래도 공정리에 사는 어른들은 아직도 대한, 민국이라는 이름 대신 '아가'라고 부르거나 '쌍둥이'라고 부르십니다. 둘은 자신들의 정체성에 혼란이 오면 심호흡을 하며 산으로 나가자고 '헛샤!'를 나직이 외치며 서로를 바라봅니다.

마음이 어수선한 날에는 공정리를 감싸 안고 있는 산속으로 깊이 들어갑니다. 놀뫼하산의 골짜기에는 언제나 맑은 물이 흘러내려 나무의 뿌리며 바위들을 유리알처럼 비

줘줍니다. 대한이와 민국이는 호흡을 조절하며 골짜기로 들어갑니다. 그리고 서로의 붙지 않은 손을 합하여 물을 떠서 달게 마십니다.

"캬! 한 번 더 마시자."

민국이의 제안에 다시 손을 모아 물을 뜨려는데, 바위틈에 뭔가 꼼지락거리는 게 보입니다. 호기심이 많은 쌍둥이가 그냥 지나칠 리가 없습니다. 물 속에 가라앉아 있는 나뭇잎이며 작은 돌들을 헤집어 보니 가재가 집게발을 하늘로 올린 채 방어하고 있습니다. 신이 난 쌍둥이는 위아래로 오르내리며 돌 틈이며 나뭇잎을 들추어 한 마리를 더 잡았습니다. 서로의 머리 위에도 올려놓았다가 무릎 위에 올려놓고 가재의 움직임을 살피기도 하고, 한참을 놀다가 다시 물 속으로 돌려보내 주었습니다.

쌍둥이는 둘이면 족합니다. 다른 친구가 없어도 충분히 학습하고 연구하고 발전할 수 있습니다. 서로의 부족한 부분을 보듬어 주고 채워주면 그것으로 충분합니다. 그간은 자신들의 이름이나 붙어있는 손가락 때문에 힘들고 어려운 일이 많이 있었지만, 이제는 모두 다 받아들이기로 하고, 서로를 바라보고 챙기며 한 몸으로 살아가는 것입니다.

대한이와 민국이는 계절의 변화를 잘 압니다. 발끝으로

부터 올라오는 흙 냄새나, 저 멀리서 비구름이 몰려오면 얼마만큼의 시간이 지나면 공정리의 하늘에 뿌리는지, 비가 그친 후에는 어느 곳은 흙이 보송보송하지만 어느 곳은 질퍽거리는지를 누구보다 잘 압니다.

대한이와 민국이는 눈동자가 깊어질수록 사람들의 시선이 부담스럽지 않아졌습니다. 그러나 자신들만의 세계를 갖고 싶은 날에는 산속 깊은 골짜기로 들어가 둘만의 시간을 마음껏 누리다 돌아오곤 합니다. 대한이와 민국이가 늘 다니는 골짜기에는 등산로처럼 길이 나 있습니다. 둘이 협력하여 한소끔 물을 마신 다음에 앉아 쉬는 바위는 반질반질하게 윤이 나 있습니다. 주변을 둘러보면 제일 먼저 움을 틔워 봄을 알려주는 산수유의 꽃눈이 한순간, 톡 터지는 모습을 바라보기도 하고, 아기 손처럼 올라오는 쑥을 뜯어 향기를 맡기도 합니다. 미나리의 향긋함을 즐기며 뜯어먹으려면 어느 골짜기 아래로 내려가야 하는지, 어느 언덕배기에 고사리가 파랗게 올라오는지를 알게 되고, 자신들도 모르는 사이에 인동초의 흰 꽃이 하루가 지나면 노란색으로 변하다 다음날에는 고개를 숙이는 모습을 관찰하기도 합니다. 어디선가 날아와 뿌리내린 오동나무 씨앗이 여리디 연한 모습으로 올라오더니 한 해 만에 자기들보다 더 높이 자란 모습에 놀라서 바라보다가, 이듬해에는 고개를 올려 바라봐야 할 만큼 우뚝 솟은 모습에 넋을 잃고 바라본 적도 있었습니다. 그런 날 밤이면 집으로 돌아와 나무들의 습성에 관하여 공부를 하였습니다. 한 대의 컴퓨터를 가운데 두고 둘이 앉아 인터넷을 검색하는 모습은 한씨의 마음을 흡족하게 하였습니다.

계절이 지나면서 대한이와 민국이는 자연의 신비로움에 매료되어 처음 올라오는 솔잎을 따서 씹어보기도 하고, 뜨거운 여름이면 붉게 물든 산딸기의 열매가 주는 포만감에 젖기도 합니다. 입 주변이 벌게질 만큼 따 먹다 보면 한 가닥 산들바람에 칡꽃의 향기가 코끝을 스쳐 스르르 눈을 감게 됩니다. 그런 날이면 적당한 자리를 골라 벌러덩 누워 쉬어가기도 하였습니다. 누가 가르쳐 주는 것도 아니건만, 대한이와 민국이는 이 골짜기, 저 골짜기를 샅샅이 누비게 되었습니다. 그러다가 다람쥐의 겨울양식을 발견하기도 하고, 지난해 저장해 놓고 잃어버린 청설모의 먹이가 움을 터 싹을 올리는 모습에 깔깔대고 웃기도 하였습니다.

초겨울 빽빽하게 하늘을 가린 잣나무 숲으로 들어서면 나무 위로부터 잣이 툭툭 떨어지는 모습을 보게 됩니다. 청설모가 겨우살이를 준비하느라 이빨로 갉아 떨어트린

후에 저장해 놓으려고 부지런을 떨고 있는 것입니다. 쌍둥이를 발견한 청설모가 휘리릭 나뭇가지를 타고 달아나 저만치에서 바라보고 있습니다. 쌍둥이는 떨어진 잣을 무심코 집어 들다가 놀라운 사실을 발견하게 되었습니다. 발밑에 떨어진 잣 송이가 예서제서 뒹굴고 있기 때문입니다. 쌍둥이는 부지런히 잣 송이를 주워 한 곳으로 모아 놓았습니다. 이튿날 다시 가 보니 그대로 놓여 있었습니다. 가지고 간 포대에 주워 담았습니다.

"까욱 칙칙칙, 꺄웃 꺡꺡꺡."

청설모가 잣나무 꼭대기에서 가지를 오르내리며 제 먹이 가져간다고 야단을 합니다. 살짝 미안한 마음이 든 쌍둥이는 반 포대씩만 담아 어깨에 메고 집으로 가져왔습니다. 어머니는 다른 때와 달리 그만 가져오라고 말씀하십니다.

"청설모는 겨울잠을 자지 않는 동물이란다. 그들도 생명인데, 아무리 외래종이라지만 먹고는 살아야지."

이튿날 잣나무 숲으로 다시 간 쌍둥이는 아예 청설모의 집으로 잣을 옮겨다 줄 생각을 하였습니다. 포대에 잣을 담아 상수리 나뭇잎이 쌓인 곳을 찾아 두리번거리다 줄무늬를 두른 토종 다람쥐가 도토리 까먹는 모습을 보게 되었습니다. 이빨에 톱날이라도 달렸는지 순식간에 껍질을 벗겨 내고 오물거리며 먹는 모습은 앙증맞기만 합니다. 그러던 찰라, 시커멓고 꼬리가 긴 청설모가 순식간에 날아 다람쥐를 그대로 낚아채는 것이었습니다. 대한민국 쌍둥이는 너무 놀라 들고 있던 잣 송이째 청설모를 향해 던졌습니다. 청설모는 사람을 무서워하지 않았습니다. 머리가 어찌나 영리한지 사람과의 간격이 어느 만큼이면 위험하지 않은가를 알고 있는 것 같았습니다. 끔찍한 장면을 목격한 쌍둥이는 그대로 집으로 돌아오고야 말았습니다.

대한이와 민국이는 하루하루 자연의 신비로움에 매료되어 가고 있었습니다. 딱따구리는 몇 개의 알을 낳는지, 어느 바위 밑에는 독사의 집이 있고, 어느 나무의 밑에는 송이버섯이 올라오는 중인지를 알게 되었습니다.

갈등이라는 말도 숲에서 눈으로 보고 터득하게 되었습니다. 우리나라 대부분 숲이 다 그렇듯이 놀쇠하산 역시 온통 칡으로 덥혀 있습니다. 봄이면 그 머리를 불쑥 내밀고 기어가는 모습은 섬뜩하기까지 합니다. 볕 좋은 날에는 어린 뱀이 기어가는 것처럼 꾸물거려 징그럽기도 하였습니다. 그런데 자세히 보면 칡은 언제나 왼쪽으로만 제 영역을 넓혀가고 있었습니다. 다른 나무의 가지를 감고 오르거나 혹은 스스로도 언제나 왼쪽으로만 감으며 숲을 온통 자기들의 잎과 줄기로 덮어 놓고 있었습니다. 이와 달리 등나무는 언제나 오른쪽으로만 감아 오르며 그 영역을 넓혀가고 있었습니다. 끊임없이 오른쪽으로 꼬아 감으며 살아가고 있습니다. 신기한 일입니다.

"칡과 등나무는 함께 살 수 있을까?"

민국이가 대한이의 얼굴을 바라보며 물었습니다.

"아마 절대로 있을 수 없는 일일 거야."

"꽃은 그렇게 환상적인데?"

이해할 수 없는 일인 것입니다. 한여름에 피는 칡꽃이나 봄에 피는 등꽃은 그 향기가 얼마나 향기로운지, 사람의 발걸음을 머물게 합니다. 칡꽃은 끊임없이 뻗어가는 줄기 사이에 고개를 내밀고 곧추세워 그 향기를 발하는가 하면, 동시에 수많은 꽃송이를 활짝 피우는 등꽃은 마치 폭포가 흘러내리듯 그 향기를 흘려 사람의 정신을 혼미하게 만들기도 합니다. 집으로 돌아온 쌍둥이는 그 밤 이렇게 결론을 내렸습니다. 아무리 마구잡이로 뒤엉킨 갈등이라도 서로가 상처 나지 않도록 조심스럽게 풀어나간다면 해결될 수 있을 것 같다는 생각을 하였습니다. 가지 끝의 연한 순을 찾아 차근차근 풀면서 상대방의 작은 가지 하나라도 상처 나지 않도록 부드럽게 열어나간다면 세상의 어떤 갈등이

든 시간이 해결해 줄 것 같은 마음이 들었습니다.

동시에 자신들의 밑바닥에 숨어 있는 갈등을 보았습니다. 언제까지 이렇게 살아가야 하나? 여자 친구도 만나고 싶고, 대학에도 들어가야 하고…. 대한이와 민국이는 얼굴을 마주 보다 나지막하게 중얼거렸습니다.

"할아버지가 돌아가시면 수술하자."

8. 마을이 아이를 키운다

1학년 겨울 방학식을 마친 날입니다. 뒷집에 사시는 서 씨 할머니가 얼굴이 보일락 말락 할 시간에 쌍둥이를 찾아오셨습니다. 까치집 머리인 채로 옥수수 뿌리 같은 누르스름한 뿌리를 들고 오셨습니다.

"아그들아, 이거이 우슬이라는 게인데, 좀 캐다 다고."

쌍둥이는 무조건 예라고 대답을 해드렸습니다. 좀처럼 없던 일이기 때문입니다. 서 씨 할머니께서는 뭉근하게 아프던 무릎이 얼마 전부터는 바늘 끝으로 찌르듯 아프다며 바깥 출입을 잘 못 하고 계셨기 때문입니다.

"삽작거리 나가 산 초입께 오르다 보면 왼편으로 여남은 발짝 오르면 거게부터 많이 있을 게다."

"예, 할머니."

"어이야, 검둥이가 알려줄 거이다."

이튿날, 할머니께서 일러주신 대로 산으로 올라 우슬 뿌리를 찾기 시작하였습니다. 마침 눈이 내리기 시작하였습니다. 옷을 다 벗은 겨울 산은 온통 떡가루를 뿌린 듯 뽀얀 나라로 변해갑니다. 눈은 차가운 공기에 녹지 않고 그대로 가지마다 내려앉아 순식간에 하얀 옷을 입혀 놓았습니다. 쌍둥이는 마음이 들뜹니다. 함께 온 검둥이도 이리저리 뛰며 겅중거리기만 합니다. 우슬을 찾아야 하는데, 이미 잎이 져버린 산은 우슬을 찾기가 어려웠습니다. 할머니가 일러주신 대로 왼쪽으로 열 발짝 즈음에 서서 두리번거렸습니다. 순간, 북쪽으로부터 불어오는 바람과 함께 사분사분 내리던 눈은 눈보라로 변하였습니다. 어디에 잠들어 있었던지, 되새 한 마리가 푸드덕 날아올라 눈보라를 거슬러 날아갑니다. 되새의 날갯짓에 눈가루가 흩날립니다. 쌍둥이는 날아가는 되새를 바라보았습니다.

잠시 후 할머니네 검둥이가 다가와 꼬리를 흔들며 컹컹 짖기 시작하였습니다. 검둥이가 서 있는 자리를 호미로 파니 영락없이 우슬 뿌리가 보였습니다. 이미 겨울로 들어섰기 때문에 땅의 표면이 얼어 마치 돌을 찍는 느낌이 듭니다. 우슬 뿌리는 마치 파 뿌리 같은 모습으로 흙을 움켜잡은 채 땅속에서 그 영역을 넓혀가고 있었습니다. 갈잎 부스러져 쌓인 검은 흙을 파헤치자 속은 부드러워졌습니다. 그 속에서 우슬의 뿌리가 서로를 휘어잡고 끊임없이 이어져 있었습니다. 한 뿌리를 캐면 옆의 뿌리로 이어져 어느새 반 포대를 채울 수 있었습니다. 민국이는 입에서 김이 나도록 식식거리며 호미질을 하고 대한이는 파 놓은 뿌리를 털어서 포대에 담았습니다.

머리에 앉은 눈이 녹아내리도록 우슬 뿌리를 캐다 보니 눈은 그치고 날아간 되새는 더 나은 집을 찾았는지 돌아오지 않습니다. 얼굴이 벌게진 민국이가 우슬 뿌리 포대를 등에 걸쳐 맸습니다. 겨울 산의 공기는 새침하기만 합니다. 대한이와 민국이는 하얀 입김을 뿜으며 매서워진 산 공기를 뚫고 내려와 할머니댁으로 가지고 갔습니다. 할머니는 벌써 닭발 삶은 물을 준비해 놓으시고 물기 뺀 닭발도 한 소쿠리 준비해 놓고 기다리고 계셨습니다.

할머니는 가칠한 두 손으로 쌍둥이의 얼굴을 하나씩 비비며 중얼거리십니다.

"고맙구마, 느그들이 약이다 고마."

쌍둥이가 화장실로 들어가 씻고 나오자 할머니는 닭발을 먹기 좋게 볶아 쌍둥이 앞에 내놓으셨습니다. 물까지 끓이고 계셨던 터라 벌써 쐐한 우슬 뿌리 끓는 냄새가 온 집안에 퍼집니다.

"이 뿌리에 대추 몇 알 넣고 닭발과 함께 넣고 푸욱 고운 다음 식히면 묵처럼 탱글해지는기라, 그걸 먹으면 다리 아픈 거이 좀 나아질 테지."

대한이가 좀 지친 것 같아 집으로 가려고 하는데, 할머니께서는 쌍둥이의 붙은 손을 잡아끌어 앉히셨습니다.

"아그들아, 즘슴 먹고 가그라. 아그 하나 키우려면 한 마을이 필요한 기라. 하물며 쌍딩이야 들도 필요코, 산도 필요코, 늙은 할미도 필요한 기라."

그러고는 양손으로 무릎을 짚고 서서히 앉으시더니 엉덩이 걸음으로 냉장고에서 동치미를 내어놓으셨습니다. 대한민국 쌍둥이는 사이다 맛 같은 동치미 국물에 볶은 닭발을 맛있게 먹으며 할머니의 사랑도 함께 먹었습니다.

"인저는 내도 얼마 안 있으면 흙으로 돌아갈 끼라, 느그들 산을 애껴야 하느니라 알긋느냐?"

쌍둥이는 건성으로 대답하며 난로 위에서 끓고 있는 물주전자를 바라보았습니다. 뜨거운 김을 내뿜는 물 주전자 위로 걸려있는 액자에는 빛바랜 풍경화가 들어있습니다. 쌍둥이를 쳐다보시던 할머니가 무연히 입을 열어 옛이야기를 들려주십니다.

"시절 좋았을 때 식자깨나 갖췄단 양반이 걸어줬든 기라, 그라믄 모하는가 말이다. 세상은 내 맘대로 되는 게 아닌

게여."

쌍둥이는 서로의 얼굴을 한 번 쳐다보고 무슨 말씀을 하시는지 이해가 가지 않는 얼굴로 할머니를 바라보았습니다.

"그 양반 맹렬하게 살았는 기라. 다람쥐맹키로 나라 안팎을 뛰어다니매 모르긴 몰라도 저 물 주전자 만큼이나 애를 끓이고, 안 할마이 눈에서 나온 눈물은 또 샘물을 이루었을 끼다. 그라믄 모하는가 말이다. 나라 꼴은 동강 나버리고 험한 꼴로 세상 뜨니 뒷말만 무성하고, 식솔들은 마을을 떠나불고…."

동치미 대접을 비운 쌍둥이가 엉거주춤 일어서려고 하자, 할머니는 고개를 끄덕이시며 마지막 말씀을 해주십니다.

"아그들아, 뉘가 뭐라 캐도 느그 갈 길 가그라. 그거이 최고이니라. 그라고 세상은 말이다, 잘 섬겨야 하는 기라. 하늘도 섬기고, 땅도 섬기고, 사람 마음도 잘 섬겨야 하는 기라. 그라고 말이다, 보이지 않는 앞날도 서로 믿고 함께 섬기며 가야 하는 기니라. 알긋느냐?"

쌍둥이는 할머니가 이야기를 끝내지 않으시기에 그대로 집으로 돌아올 수가 없었습니다. 그냥 막연하게 그림을 보고 서 있자 할머니는 작심을 하셨는지 이야기를 이어가십니다.

"느그들 이런 거이 핵교서는 안 갈케 줄 끼라, 다 필여읎는 거이니 말이다. 누에는 열흘 살다 죽을 집을 그리도 성실히 짓고, 제비도 그리 지지배배 드나들며 집을 지어도마, 때가 되면 가는 기라. 그놈들, 뭐이드라. 아 그려, 까치. 갸들은 또 어떻구. 볏집 물어 날라다 집 짓느라 입이 헐고, 막하 꼬리가 다 빠져뿌려도 고놈들도 다 날이 바뀌면 제 갈 길로 가고 마는 기라."

쌍둥이는 그대로 나올 수가 없어서 어정거리며 막연하게 그림을 바라봅니다.

"막하 천 년 만 년 살디끼 전쟁해 가며 악다구니를 쓰면 모하는고, 갈 때는 두 손 다 피고 가는 기라. 아, 세상에 나올 때는 앙앙 울면서 두 주먹을 발끈 웅켜쥐고 나오더니만 목숨이 다하면 막하 다 놓고 가는 기라."

할머니가 가랑가랑 이어가시는 말씀에 쌍둥이는 다시 주저앉았습니다.

그 밤 쌍둥이는 쉽게 잠을 이루지 못하였습니다. 자연은 수많은 이치와 나름대로의 가치를 담고 있다는 것과 자연에서는 필요한 만큼만 취하여야 다음에 또 필요를 채워준다는 사실도 깨달았습니다. 무엇보다 서 씨 할머니를 보고 사람도 자연의 일부라는 사실을 알게 되었습니다. 그리고 할머니가 웅얼거리시던 말씀에 가슴이 벅차오릅니다.

'고맙구마, 느그들이 약이다 고마.'

창밖에는 아직도 눈이 내리고 있습니다. 한 씨는 겨울방학 내내 하루도 거르지 않고 숲을 오르는 대한민국 쌍둥이 아들들에게 아이젠을 사다 주었습니다.

사탕 할아버지에게 사건이 일어났습니다. 그날은 아버지가 사다 주신 아이젠을 운동화에 장착하고 약간은 부담스럽고 얼마쯤은 신기한 경험을 하며 산에서 내려오는 길이었습니다. 길이 미끄러워 바닥을 찍으며 내려오느라 더딜 수밖에 없었습니다. 해가 질락 말락 하는 시간이라 공기는 가라앉았고, 숲은 고요했습니다. 상록수들도 뾰족 잎새를 늘어뜨리고 차려 자세로 땅의 기운을 받아들이고 있는 시간입니다. 쌍둥이는 긴장되는 날이면 늘 그렇듯 붙은 손을 아예 깍지끼어 잡고 내려오는데, 뭔가 바스락거리는 소리가 들려왔습니다. 날새들의 소리도 아니고, 산토끼가 도망을 간다거나 고라니의 뛰는 소리와는 달랐습니다. 얼마만큼 지나면 소리는 사라지기 마련인데, 서걱거리는 소리 같기도 하고, 약간의 신음 같기도 한 낮은 소리가 음울하게 멀어져 가고 있습니다. 대한 민국 쌍둥이는 뭔가 다르다는 느낌으로 서로를 바라본 후에 그대로 멈추었습니다. 그런 다음 무릎을 굽혀 자세를 낮추고 귀를 기울였습니다. 순간, 막 넘어가려는 노을빛이 대한민국 쌍둥이의 긴장된 얼굴을 훑고 있습니다. 붉은빛이 얼굴을 감싸자 둘이는 침을 꿀꺽 삼켰습니다. 그 소리가 천지를 진동하는 것만 같았습니다. 어스름해지기 시작하는 산은 공기가 짓누르는 것만 같아서 음산한 기운에 휩싸여지기 마련입니다. 대한민국 쌍둥이는 누구보다 그 사실을 잘 알기에 눈을 크게 뜨고 서로의 얼굴을 바라보며 움직임을 멈췄습니다. 귀를 더 크게 열었습니다. 여전히 서걱거리는 소리와 약간의 신음은 분명 산짐승이 아니면 사람의 목소리임이 틀림없습니다. 쌍둥이는 두려움이 엄습해오자 깍지낀 손에 힘을 주어 '헛샤!'를 나직이 외치고 소리가 나는 쪽으로 조심스럽게 발길을 옮겼습니다. 손에 땀이 흥건해졌습니다. 이런 일은 처음 있는 일입니다.

"으으! 돼지, 돼지 멧돼지."

사탕 할아버지가 커다란 나무 밑동에서 허우적거리고 있는 모습이 보였습니다. 머리는 가랑잎 더미 속으로 곤두박질 처져 있고, 엉덩이를 하늘로 든 채 한 다리를 버둥거리고 계셨습니다. 얼굴이 보이지를 않았습니다. 쌍둥이는 바람처럼 할아버지에게로 갔습니다. 산에서 비탈길을 내려오다 나뭇가지에 걸려 곤두박질을 당하신 것 같았습니다. 쌍둥이가 다가가도 할아버지는 끊임없이 '멧돼지' 소리만 반복하십니다. 서둘러 쓰러진 나뭇가지들을 치우고 보니 오른쪽 광대뼈가 긁혀서 피가 맺혀 있고, 한쪽 바짓가랑이가 찢어져 있을 뿐 다른 이상은 없어 보입니다. 쌍둥이가 부축해서 일으켜 세우자 할아버지는 바로 일어서지를 못하십니다.

"쌍둥이 쌍둥이, 돼지 멧돼지."

이 소리만 계속해서 반복하십니다.

아마 어쩌다 숲으로 들어서고 멧돼지를 보고 피하다 발을 헛디뎌 구르신 것 같았습니다. 대한민국 쌍둥이는 할아버지를 부축하여 집으로 모셔다 드렸습니다. 뭐, 할아버지에게는 이런 일이 다반사입니다. 할머니는 이제 그러려니 하고 무덤덤하십니다.

사탕 할아버지는 작년부터 치매가 생겨서 마을 사람들이 모두 함께 보살펴 드리고 있습니다. 공무원으로 퇴임하신 할아버지는 얼마나 깔끔하고 얌전하신지 늘 버선코만 바라보며 다니셨습니다. 거기에다 반듯하고 경우가 밝으시다고 모두가 칭찬을 아끼지 않았습니다. 할아버지의 일과는 새벽녘에 눈을 뜨면 세수 먼저 하고 마을을 한 바퀴 돌아보십니다. 예전에는 빗자루를 손에 들고 마을 입구까지 말끔하게 비질을 해 놓으셨습니다. 그러나 치매가 생긴 이후 할아버지는 길가에 버려진 박스며 나무 조각들을 주워 자전거에 싣고 와 집 마당에 쌓아놓으십니다. 할머니는 질색을 하시지만, 할아버지가 병 때문에 그렇다는 걸 알고는 그나마 멀리 가지 않고, 하다못해 지푸라기 하나라도 손에 들고 들어오니 다행이라 여기십니다.

점심 식사 이후에 할아버지는 하루도 빠짐없이 다리 건너 마을의 농협 매장으로 가십니다. 사탕을 한 봉지 사서 자전거에 꽁꽁 동여매 싣고 오십니다. 할아버지의 낙은 사탕을 주머니에 넣고 다니며 만나는 사람마다 한 움큼씩 손에 쥐여주는 일입니다. 마을에는 집집이 사탕이 쌓여 있습니다. 그 사탕을 다시 봉지에 넣어 할아버지댁에 가져다 드리고 할머니는 사탕을 사러 가지 말라며 봉지에 담아 드려도 소용이 없는 일입니다.

한 번은 할아버지가 자전거도 타지 않은 채 다리를 건너 대처로 나가는 큰 길가로 계속해서 걸어가고 계셨습니다. 그곳은 차가 많이 지나다니는 길이라 위험하기도 하지만, 방향감각을 잃으면 더 큰 문제가 생기게 됩니다. 마침 농협에서 일을 보고 나오던 진천댁 아주머니가 이장님께 전화를 걸어 알려주었습니다. 할아버지가 혼자 중얼거리며 앞으로만 걷고 계신다고. 이장님은 그 길로 할머니댁으로 달려가셨습니다. 길 가에 나와 할아버지를 기다리시던 할머니는 무슨 일이 생긴 거라고 직감을 하셨을 겁니다. 이장님과 할머니가 자동차를 급히 몰고 가 할아버지를 모셔왔습니다. 그때 할아버지의 눈동자는 제 것이 아니었다고, 큰 일을 당할 뻔하였다며 한걱정을 놓으셨습니다. 그랬었는데, 오늘은 어쩐 일인지 산으로 오르셔서 변을 당한 것입니다.

12년째 마을의 노인회장 일을 보고 계시는 신 씨 할아버지는 별명이 팽 할아버지입니다. 벼농사는 물론 고추며 양배추며 들깨 참깨 등 안 짓는 농사가 없으십니다. 노인회장님은 언제나 '농사꾼의 아들로 태어나 내 새끼 입으로 들어가는 거는 다 내 손으로 심어 먹인다'며 팽팽거리고 다니십니다.

노인회장님은 이곳에서 태어나고 이곳을 지키며 살고 계십니다. 아버지가 그러시고 할아버지가 그러하셨듯, 노인회장님 역시 다리 건너 초등학교에서 졸업식을 마친 뒤 오늘까지 농사로 잔뼈가 굵어지신 분입니다. 막걸리를 몇 잔 마시고 기분이 좋아지면 '내가 말여 손이 갈고리 되도록 들에 산에 청춘 바치고, 등허리 휘어가도 대처 놈들처럼 못된 짓

안 하고 사는 게 천만다행인 거여'라며 호기를 부리십니다.

신 회장님은 올 봄에도 여전히 고라니와 전쟁을 치르십니다. 창고로 들어가 녹슨 덫을 찾아 밖으로 나가시며 연신 팽팽거리십니다.

"이놈들, 잡히기만 잡혀라. 팽. 내 자석들 멕일려구 땀범벅질 해가며 농사짓는데 네 놈들한테 뺏길소냐. 팽."

벼가 막 이삭을 펴기 시작하면 시골 들녘은 밤낮없이 고라니의 울음소리로 시끄럽습니다. 제 짝을 찾는 소리인지, 어미가 새끼를 부르는 소리인지는 구분을 하기 어렵습니다. 어찌나 괴이쩍은 소리로 울어대는지, 돼지 잡는 소리는 그에 비하면 아름다운 소리라고들 웃으십니다. 밤 늦게 볼일을 보고 마을 입구로 들어서다 보면 논의 이곳저곳에서 두 눈만 빼꼼하게 내 놓고 바라보는 고라니떼를 보게 됩니다. 노인회장님은 지난해에 농사지은 고구마는 멧돼지에게 모조리 빼앗겼는데, 간신히 뿌리 내리기 시작하는 벼까지 고라니에게 다 빼앗길 수 없다며 논의 여기저기에 덫을 놓으십니다. 사실 노인회장님이 저렇게 두 발로 걷는 모습을 보는 일은 쉬운 일이 아닙니다. 할아버지는 늘 경운기를 몰고 다니십니다. 읍내 장터에 가실 때도 할아버지는 늘 경운기를 타고 다니십니다. 꽤 먼 거리임에도 부인이신 김 여사를 태우고 털털거리며 경운기를 몰고 다니십니다.

“아, 집에 네발 달린 기계가 있는데 왜 멀쩡하니 비싼 돈을 주고 버스를 타?”

이러시며 팽팽거리십니다. 김 여사가 경운기를 타고 장에 다녀온 날에는 잠자리에 누워서도 온몸이 덜덜거린다며 한바탕 웃음을 놓습니다.

드디어 걸려든 모양입니다. 괴이쩍게 우는 소리에 잠을 설치고 나가보니 노인회장님은 논두렁에서 고라니와 씨름 중이십니다. 기다란 나무 작대기를 들고 고라니에게 다가가 툭툭 치기도 하고 논바닥을 후려치기도 하며, 고라니의 숨이 끊어지기를 기다리십니다. 그러나 마음이 약하신 어른이라 살아있는 생목숨을 어쩌지 못하고 돌아가 다른 일을 보고 다시 와 바라보기를 반복하십니다. 밤새 허우적대던 고라니는 사슴같이 순한 눈에 눈물을 글썽이더랍니다. 한 번은 다시 가 확인을 하니 고라니는 보이지 않고 끊어진 발목만 남아 있더랍니다. 사람들은 혀를 끌끌 치며 걱정을 하지만, 노인회장님도 딱하기는 마찬가지라며 고개를 흔드십니다. 고라니뿐이 아닙니다. 가뭄이 이어지는 계절이 오면 논의 여기저기에서 벼를 쓰러뜨리고 멧돼지가 흙 목욕을 하고 간 흔적을 볼 수 있습니다. 날이 너무 덥거나 몸에 기생충이 생기면 사방 이삼 미터 정도의 벼를 쓰러뜨리고 주둥이로 흙을 밀어 파낸 다음 수분을 섭취하기도 하고 뒹굴며 놀다 간 흔적이 보이기도 합니다. 노인회장님은 이래저래 돈 안 되는 농사지으며 늙어온 몸이 이제는 못된 짐승들 때문에 더 허리가 휘어져 간다고 퍙퍙거리십니다. 그런 어른의 집에 들어서면 제일 먼저 눈에 뜨이는 것이 시조의 초상화입니다.

노인회장님은 빼대있는 가문의 후예라는 자부심으로 꽉 차있습니다. 사진 속의 어른은 의관을 정제하고 의자에 앉아 계십니다. 낡고 빛바랜 사진일지언정 위엄 있는 모습 하며 일가를 세운 분이라는 걸 의심할 여지가 없습니다. 그래서 부인이신 김 여사님의 고생은 이만저만이 아닙니다. 해마다 지내는 시제며 제사상을 차리기 위하여 김칫거리를 준비하고, 양념 속이며 나물들을 준비하느라 종일을 맴돌아갑니다. 그러는 사이사이 고추 모종 내랴, 감자 캐랴, 파 심으랴, 구부정한 허리에 팔자걸음으로 동동거리며 돌아치십니다. 김 여사는 밤하늘의 반짝이는 별을 제대로 본 날이 드물다고 투덜거리십니다. 온종일 고되게 일하고 초저녁이면 잠이 들기 때문입니다.

공정리의 밤거리를 거닐다 보면 하늘의 별이 어깨 위에

사뿐히 내려앉는 듯합니다. 낮 동안 숨어 있던 크고 작은 별들이 온갖 보석인양 멋을 내며 자랑을 합니다. 한창 더위가 기승을 부리는 여름밤이면 이리저리 날아다니는 작은 불빛을 보게 됩니다. 바로 반딧불이들이 사랑놀이인 것입니다. 산골의 여름밤은 수많은 풀벌레의 울음소리와 반딧불이와 갖가지 생명까지 품고 깊어갑니다.

9. 김만수 이장님

드디어 매곡교를 지나고 양지 다리라 쓰인 선돌이 빼꼼히 보입니다. 이제 거의 결승선에 다다르게 된 것입니다. 공정리 사람들은 예로부터 출타했다 돌아오는 길이면 으레 양지 다리의 선돌 앞에 앉아 한시름 쉬어가곤 했습니다. 대한이와 민국이는 동시에 뒤를 돌아봅니다. 누가 쌍둥이 아니랄까 봐 동시에 고개를 돌리는 겁니다. 다른 선수들이 얼마만큼의 거리에서 뛰고 있는지를 확인하는 겁니다. 한 숨 쉬어도 될 만큼의 거리에서 다른 선수 서넛이 앞서거니 뒤서거니 달려오는 모습이 보입니다. 마음 같아서는 쉬었다가 뛰고 싶지만, 지금은 그럴 때가 아니란 걸 잘 압니다. 이제 선돌도 지났습니다. 저 멀리 결승점인 사곡초등학교 정문 위로 애드벌룬이 덩실하게 떠 있습니다. 수많은 사람들이 손뼉을 치며 반기고 있었습니다. 사곡초등학교는 물론 공정리 전체가 사람들의 함성으로 들썩입니다. 사곡면은 물론이고 의성군 내에서 이렇게 큰 행사는 처음 있는 일입니다.

그 옛날 사곡저수지에 집을 수장하고 마을을 떠나야 했던 사람들이 고향으로 와 면사무소 마당에 커다란 가마솥을 걸어놓고 국밥을 끓이고 있습니다. 누구라도 대접하기 위해서입니다. 군수님이 앞치마를 두르자 면장님과 우체국장님도 덩달아 앞치마를 입고, 얼굴보다 커다란 쟁반을 양손에 받쳐 들고, 떡이며 국밥이며 과일을 나르기 시작하였습니다. 국밥에는 의성 한우를 넣어 끓였고, 작은 접시에는 적당하게 익힌 마늘이 한 통 놓여 있습니다. 각지에서 온 선수들의 가족이며 친지들에게 특산품인 마늘을 소개하며 대접하는 것입니다. 지금은 사라진 공정국민학교 동문들은 가마솥 앞에 서서 국자로 국을 푸고 있습니다. 사곡초등학교 선생님들은 열심히 수저며 젓가락의 종이 커버를 뜯어 사람들이 식사하기 편하도록 갈라놓았습니다.

유모차 할머니는 가족을 먼저 보내고 혼자 살고 계십니다. 집이며 논이며 전 재산을 마을에 기증하고 사후를 부탁하신 할머니는, 아예 대문 밖에 퍼질러 앉아 손뼉을 치며 기쁜 마음을 표현하고 계십니다. 팔십 평생에 이렇게 많은 사람을 구경하는 일은 처음 있는 일이랍니다.

마을을 품에 안고 길게 누운 놀쇠하산에서 다리가 굵어

진 김만수 이장님은 감격에 겨워 연신 눈물을 글썽이십니다. 십 리도 넘는 등교 길에 보자기 책가방을 어깨에 사선으로 묶고 학교를 오가던 길, 늘 적막이 감돌던 마을에 오늘 이렇게 큰 잔치가 열리는 사실이 감격스럽기만 합니다. 엿가락처럼 늘어지기만 하던 여름 하교 길에 간판도 없는 구멍가게 할머니가 국수 한 그릇 말아주시면 후루룩 마시던 잊지 못할 맛, 예나 지금이나 정월 대보름날이면 달님에게 소원 빌며 밤이 새도록 아홉 집씩 돌아다니며 아홉 번씩 먹고 마시던 날들이 새록새록 떠오릅니다. 김만수 이장님의 경험과 기억은 공정리의 역사와 함께 쌓여만 갑니다.

예전에는 50여 호가 넘던 가구가 사곡저수지로 매몰되자 타지로 나간 친구들에 대한 그리움이며, 절대로 고향을 떠나 살지 않겠다고 옆으로 이주해 사는 이웃에 대한 소중한 마음들이 감격스럽기만 합니다. 김만수 이장님은 오늘의 마라톤대회가 공정리의 역사에 길이 남을 커다란 일이라는 것을 잘 알고 있습니다. 이장님은 지금도 마늘 농사에 관한 한 누구보다 박사님이십니다. 특별히 흑마늘은 효자품목 중의 하나이지요. 이제는 마을 사람 누구라도 손바닥만 한 땅뙈기라도 생기면 이장님을 찾아갑니다. 이장님은 열 일 마다하고 마른 볏단을 준비해 가서 마늘을 심고 그 위에 볏짚을 덮어 놓아줍니다.

김만수 이장님은 이 순간 유난히 감회가 새롭습니다. 들려오는 소문으로 지금 첫 번째로 들어오는 선수가 바로 쌍둥이이고, 자신의 손주들인 것입니다. 눈앞에 덩실하게 떠 있는 애드벌룬 만큼이나 몸도 마음도 둥실거리기만 합니다.

김만수 이장님에게 외동딸 명자는 가장 큰 삶의 기쁨이었습니다. 그런 딸이 북에서 내려와 붙박여 사는 한 씨네 아들과 연애를 한다는 말에 처음에는 화가 치밀었습니다. 대를 이어 명문가라고 자부하며 살던 터라 실망감이 이만저만이 아니었습니다. 하필이면 근본도 모르는 실향민의 자식과 연애를 하다니, 도저히 용납할 수가 없는 일이었습니다. 명자가 아기였을 때 행여 다칠까, 그르칠까 손에서 놓지 않던 때를 생각하면 괜스레 억울하고 속이 상하여 자꾸만 술을 마시게 되었습니다. 그러나 어떻게 된 심사인지 술만 취하면 다 잊고 하나밖에 없는 무남독녀가 아이를 가졌다는 소문에는 자기도 모르게 입이 벙글어지고 마는 것이었습니다. 그때도 술 취한 길에 찾아가 결혼을 시키자고 먼저 서둘렀습니다. 명자를 낳은 이후에 아이를 가지려고 이래저래 비방을 써봐도 되지 않았던 자신들을 생각하면 그보다 더 큰 경사는 없는 것입니다.

대한이와 민국이는 보폭을 맞추어 마지막 모퉁이를 돌아섰습니다. 사람들의 아우성에 지축이 흔들리는 것 같습니다. 아나운서가 지금 들어오는 선수들의 이름이 '대한'이와 '민국' 쌍둥이라며 소리높여 외쳤습니다. 사곡초등학교 운동장에 모인 수많은 사람들의 입에서 나오던 함성이 대한, 민국으로 바뀌어 대한민국! 대한민국! 끝도 없이 울려 퍼지고 있습니다. 마치 2002년 월드컵이 열리던 해에 온 나라가 대한민국! 소리치며 응원하던 때의 모습입니다. 대한이와 민국이도 얼떨떨하여 정신이 하나도 없습니다. 이제 지칠 만도 한데 어디서 그렇게 힘이 솟아나는지 더 열심히 달리게 됩니다.

혼자 가는 것이 아니라 둘이 함께 달려왔기에 가능한 일입니다. 쌍둥이로 태어나지 않았더라면, 손을 잡고 태어나지 않았더라면 과연 오늘이 올 수 있었을까, 쌍둥이는 생각해 봅니다. 어려서부터 수많은 시선을 극복하고 무수한 시간을 달렸기에 오늘 이렇게 달릴 수 있는 것입니다. 대한이와 민국이는 손을 더욱 꼭 잡고 마지막 남은 힘을 다하여 달렸습니다. 꿈을 꾸는 것만 같습니다.

"여러분 결승선까지 이제 한 오십 보 남았습니다. 삼십 보, 이십 보, 드디어 골인!, 골인입니다. 등 번호 1번을 똑같이 단 쌍둥이가 1등입니다. 여러분! 와아, 쌍둥이가 일등입니다. 친애하는 대한민국 국민 여러분! 손이 붙은 쌍둥이가 제일 먼저 테이프를 끊었습니다."

아나운서가 소리를 지르며 방송을 합니다. 운동장의 관중석에 앉아있던 사람들도 모두 일어나 대한이와 민국이를 향해 축하의 박수를 보내줍니다. 수많은 사람이 동시에 지르는 소리는 하늘을 울리고 지축을 흔들고 있습니다.

대한이와 민국이는 사람들의 함성에 자기들도 모르게 두 팔을 힘껏 위로 들어 올렸습니다. 애간장을 태우며 기다리던 쌍둥이 엄마 명자 씨와 아버지 한 씨도 두 팔을 번쩍 올려 대한민국 만세를 외쳤습니다. 아나운서는 계속해서 소리 높여 외치고 있습니다.

"여러분! 손이 붙은 쌍둥이가 일등을 했습니다. 와! 정말 똑같이 생겼습니다. 이들의 이름은 대한, 민국입니다. 여러분! 확인한 사실에 의하면 이 부근 마을 이장님의 손주들이고 아직 고등학생이랍니다."

방송 소리와 사람들의 외치는 소리가 뒤섞여 울려 퍼집니다.

아나운서가 소리 높여 외쳤습니다.

"여러분! 다 같이 대한민국을 외칩시다."

아나운서가 대한, 민국을 소리치며 한 손을 번쩍 추켜올립니다. 사곡초등학교 운동장의 관중석에 앉아 있던 사람들도 두 팔을 들어 올리며 대한민국을 소리 높여 외쳤습니다. 학교 옆 우체국에서, 사곡면사무소 마당에서 국밥을 나르던 군수님도 면장님도 두 손을 번쩍 들어 올리며 대한, 민국을 외쳤습니다. 동시에 누군가의 입에서 '대한민국, 평화통일'이라고 외치자 수많은 사람들은 대한민국, 평화통일을 외치기 시작하였습니다.

"우리 모두 쌍둥이 형제처럼 손을 잡읍시다."

아나운서가 외치는 소리는 티브이를 통하여, 라디오를 통하여, 사람들의 입에서 입을 통하여 멀리멀리 떠나갑니다. 모두 옆 사람의 얼굴을 바라보고 슬그머니 손을 잡았습니다. 화목리 사람들도 공정리 사람들도, 서울 사람들도 평양 사람들도 모두 모두 옆 사람의 손을 잡았습니다. 그동안 사이가 서먹서먹하던 사람들도 이때다 싶게 손을 잡았습니다. 선남, 선북 할아버지도 두 손을 꼭 잡았습니다. 그리고는 누가 먼저랄 것도 없이 슬그머니 미소를 지으며 마주 봅니다. 이제 사람들은 너나없이 대한민국, 평화통일을 외칩니다. 그 소리는 사곡초등학교에서, 화목리로, 화목리에서 공정리로, 남에서 북으로, 서울에서 평양으로 멀리 멀리 날아갑니다.

때마침 티브이에서는 판문점 평화의 집에서 문재인 대통령과 김정은 국무위원장이 만나는 장면을 보여주고 있습니다. 문재인 대통령과 김정은 국무위원장은 손을 잡고 군사분계선을 넘나들고 있습니다. 수많은 취재진과 특파원들도 남과 북의 대표가 손을 잡고 있는 모습을 보며 플래시를 터트립니다.

10. 북으로

언제부터인지 하늘 위에서는 한 마리 두 마리 두루미들이 날아와 비행을 하고 있었습니다. 그런데 쌍둥이 아들에게 눈을 떼지 못하며 눈물만 글썽이던 한통일 씨가 서서히 일어서고 있습니다. 한 발짝 한 발짝 걸음을 옮겨 두 아들에게 다가갑니다. 카메라맨이 한 씨의 일거수일투족을 그대로 보여줍니다. 한 씨가 아들들에게 가까이 다가가자 물길이 열리듯 사람들이 길을 열어줍니다.

한통일 씨는 아들들에게 가까이 다가가자 손을 들어 북쪽을 가리킵니다. 대한민국 쌍둥이는 아직도 숨을 헐떡거리며 어안이 벙벙하여 아버지를 바라봅니다. 잠깐의 시간이 지나자 쌍둥이는 누가 먼저랄 것도 없이 아버지의 마음을 알아차리고 눈을 마주칩니다. 그리고 마음을 다잡았습니다. 동시에 잡은 손을 내렸다 올리며 '헛샤!'를 외쳤습니다. 아버지 한 씨가 아들들에게 물병을 주자, 둘이 나눠 마신 뒤 다시 달리기 시작합니다. 순간 약속이라도 한 듯 카메라맨들도 따라 달립니다. 바튼 하늘 위에서 유유히 회전하던 두루미도 다시 날개를 퍼덕이며 날기 시작합니다.

사곡초등학교의 운동장에서 시상식을 준비 중이던 운영진들은 대체 무슨 일인가 싶어 그저 바라보기만 합니다.

"지금 어디로 달리는 겁니까?"

한 씨 옆에 바짝 붙어선 아나운서가 물었습니다.

"북으로."

한 씨는 다른 말은 필요하지 않았습니다. 사곡초등학교 운동장에 모여 있던 인파들도 하나씩 둘씩 일어서서 달립니다. 결승점으로 들어오는 선수들도 앞서 달리는 선수들의 뒤를 따라 달립니다. 아나운서가 목이 터지라 외칩니다.

"여러분! 1등 주자 쌍둥이가 북으로 달리고 있습니다. 우리 모두 함께 북으로 달립시다."

아나운서의 감격에 겨운 목소리가 티브이를 타고 방방곡곡 흘러갑니다. 화면 속에서 한 씨의 얼굴을 본 사람들은 누가 시키지도 않았는데, 기다렸다는 듯 부스스 일어나 다들 거리로 나섭니다. 이 집 저 집, 이 골목 저 골목에서 사람들이 우르르 몰려나와 함께 달립니다. 마침 북쪽으로부터 새카만 비구름이 몰려옵니다. 아나운서가 소리를 지릅니다.

"국민 여러분, 우리는 너무 오랜 시간 기다리며 살아왔습니다. 이제 우리 북한 동포와 만나 평화를 넘어 통일까지 달려가십시다."

아나운서는 끊어질 듯 이어질 듯 흐느끼며 이야기를 이어갑니다.

"여러분, 마침 남북의 정상이 판문점에서 손을 잡고 오고 가는 때이니만큼 우리도 가십시다. 쌍둥이 아들들과 함께 달려가 북한의 동포들을 얼싸안고 눈물을 펑펑 흘리십시다, 여러분."

아나운서의 방송을 보면서 사람들의 가슴이 뜨거워지기 시작합니다.

"여러분, 달립시다. 비가 오고 눈이 오고, 어떤 고난과 세력이 와도 우리끼리 손을 잡고 북으로 갑시다. 가서 우리 동포 형제들을 만나서 함께 사십시다."

아나운서의 목소리는 이제 울부짖음으로 변하였습니다. 북쪽으로부터 어두웠던 하늘에서 후드득 비가 떨어집니다.

11. 한건수 할아버지

"뉘시우?"

"……."

"거 뉘슈?"

"저, 어르신. 헛간이라도 좋으니 하루 밤만 쉬었다 가게 해주십시오."

한통일 씨의 아버지 한건수 씨가 처음 공정리로 와 어찌어찌 들어간 집이 김억수 씨댁이었습니다. 1·4 후퇴 때의 일이었습니다. 여동생의 손을 잡고 피란민 틈에 섞여 남으로 남으로 쓸려내려 온 한건수 씨는 혈기왕성한 청년의 때였습니다. 수많은 사람이 남으로 남으로 거리를 가득 메우며 부산으로 내려가지만, 한 씨 남매는 피난민 대열에 끼어 어찌어찌 문경새재를 넘었습니다. 사람이 너무 많아 배를 채우기가 힘이 들었습니다. 흙이라도 파먹고 살 요량으로 인적 드문 곳을 찾아 흘러들어온 곳이 예까지 오게 된 것입니다. 김억수 씨는 큰 길에 피난민들이 부산으로 끊임없이 내려가고 있다는 소문은 들어 알고 있었습니다. 하지만 이렇게 깊은 골짜기 외진 마을로까지 사람이 들어오리라고는 생각하지 않았기에 내심 반가웠습니다.

"우리는 지푸라기 하나라도 내 집에 들어온 건 귀하게 여긴다우."

이장님의 할아버지인 억수 씨는 사람 귀한 마을에 사람이 들었다며 자신의 문간방을 선뜻 내주었습니다. 간간이 전쟁 소식은 들었지만, 심심산골까지 사람이 들어온 걸 흐뭇해하셨습니다. 마음 따뜻한 그 어른은 조석으로 들여다보며 혹여 굶지나 않는지도 살뜰하게 보살펴주었습니다.

한건수 씨는 공정리로 들어올 때 가진 거라고는 나이에 걸맞지 않게 이마에 새겨진 내 천(川) 자와 후들거리는 무릎밖에는 없었습니다. 낯선 집 문간방에서 연이틀을 자고 나자 정신을 차릴 수가 있었습니다. 까치집 푸성한 머릿꼴로 안채로 들어가 무릎을 꿇고 어깨까지 깊숙이 숙이며 인사를 드렸습니다.

"한건수라고 합니다. 저희를 거둬주셔서 고맙습니다. 절대로 험한 꼴 보이지 않겠습니다. 무슨 일이라도 하겠습니다."

김억수 씨는 한 씨를 자세히 들여다보았습니다. 엄동설한에 흰 솜바지 저고리를 입긴 입었는데, 저고리의 동정이며 손목이 새카맣도록 빨아 입지 못한 몰골임에도 반듯하게 인사하는 모습에서 우선 마음이 놓였습니다. 껌딱지처럼 붙어 앉은 여동생의 얼굴은 까마귀 사촌 같은데, 숙인 고개 밑으로 보이는 눈동자가 똘망똘망하여 미더웠습니다.

"마침 딸아이가 몸조리하러 온다기에 치워놨으니 우선 게서 쉬시구랴."

한건수 남매는 그날부터 문간방에 살게 되었습니다. 반듯하고 성실하게 집 안팎을 쓸고 닦는 모습에 주인댁의 따님은 다른 곳에서 몸조리하라 이르고 한 씨네를 그냥 눌러 살게 해주신 것입니다.

"사람 일이란 알 수가 없는 거이지."

"그러게 말여."

"원님 지나가라고 마당 쓸어놓으니 거지가 먼저 지나가더라고."

마을 사람들은 이래저래 말을 섞으면서도 한 씨를 기꺼운 눈으로 바라봐 주었습니다. 한 씨 남매는 기회를 놓칠 수 없었습니다. 사흘 동안은 밥 한술 얻어먹으면 잠시도 쉬지 않고 집 안팎을 쓸고 닦았습니다. 광에 걸린 연장들은 빛이 나도록 닦아놓는가 하면, 온종일 마을의 입구부터 골목길까지 혀로 핥은 듯 반듯하게 쓸고 닦았습니다. 그 모습을 지켜본 마을의 아녀자들이 비록 전쟁 중일망정 냄비 한 개, 수저 한 벌, 입던 옷가지 등속을 가져다주자, 부족하나마 살림살이가 시작되었습니다. 마지막으로 주인집에서 어른 머리통만 한 박바가지에 노란 차조가 섞인 보리쌀을 들여보내 주었습니다. 주인아저씨의 소개로 일손이 필요한 집으로 품팔이하러 가면 해가 지고도 어슷어슷 눈에 잘 보이지 않을 때까지 일을 하였습니다. 그 소문은 이웃 마을까지 퍼져 하루도 쉬지 않고 품을 팔 수가 있었습니다. 명절날에도 일을 하여 일 중독증에 걸린 사람이란 소리를 들으며 부지런히 일하였습니다.

오빠 옆에서 숨죽이고 고개를 숙이고 앉았던 여동생은 틈만 나면 가을걷이 끝난 들판을 뒤지며 시래기를 주워다 죽을 끓여 먹으며, 절대로 남에게 손을 벌리지 않았습니다. 꼭 삼 년 지나자 자그마한 밭뙈기 하나를 사고, 밭 가장자리에 얼기설기 오막살이를 지어 그리로 세간살이를 옮겼습니다. 머드레콩을 해마다 심었고, 들로 산으로 다니며 나물을 뜯어다 겨울양식으로 저장하였습니다. 그때까지만 해도 마을에서는 깊은 속내까지 내주지 않았습니다.

아들인 한 씨가 어느 비 오는 날, 신작로에 놓여있는 부채 바위를 돌려놓은 후부터 사람들의 시선은 조금씩 따뜻해지기 시작하였습니다. 그해 겨울, 정월 대보름날, 동동주를 마시며 거나해진 자리에서 마을의 제일 어르신인 선노인이 쐐기 박듯 한마디 말을 놓으셨습니다.

"죄 없는 성자 없고, 덕성 없는 죄인 없다 카더라만…."

늘 인자하기만 하던 선노인이 마을 사람들을 둘러보며 목소리를 높이십니다.

"소달구지도 제대로 나다니지 못하던 길 아이가 어이? 호랭이가 쏘아보던 길 아이가 말이다. 누구 땜시로 이리 훤해졌노? 대답들 해보라! 으이?"

누구 하나 대답하는 이 없이 선노인의 말에 귀를 기울입니다. 선노인은 힘에 부치는지 고개를 늘여 마른침을 한번 삼키더니 한 손을 휘저으며 마지막 말을 이으십니다.

"은제까지 이리 타성바지 시킬 터인가. 으이?"

1960년대 초까지도 '사곡재에 호랑이가 나타나 사람을 잡아먹는다'는 소문이 나돌아 해가 지면 사람들은 아예 대문 밖을 나다니지 못하였습니다. 부채 바위에 호랑이가 앉아 머리를 곧추세우고 고개 너머를 바라보더라는 소문에 너나없이 몸을 떨었습니다. 누군가는 또 호랑이가 사람을 물고 언덕을 넘어가더라는 말에 마을 사람들은 몸서리를 쳤습니다.

공정리 사람들은 의성이나 사곡의 고갯길을 넘나들며 장터에 농산물을 내다 팔았습니다. 돌아오는 길에는 육고기며, 바다 생선이나 생활에 필요한 물건들을 구해다 살았습니다. 어쩌다 날이 어슷해지는 날 고개 길을 넘어올라치면 부채 바위에 호랑이가 올라앉아 침을 흘리고 있을 것만 같아 혼자서는 집으로 돌아오지 못하였습니다. 대여섯 명 이상이 모여야만 움직이는데, 그들은 하나같이 괴나리봇짐을 짊어지고 손에는 키보다 두어 배 긴 대나무를 하나씩 들어야 했습니다. 대나무의 꼭대기에는 붉고 노란 형형색색의 헝겊을 커다랗게 매달고, 냄비뚜껑이며 꽹과리를 두드리며 집으로 돌아왔습니다. 대나무의 높이며 요란스런 색상이며 시끄러운 소리가 호랑이로 하여금 자기보다 큰 짐승으로 여겨 돌아서게 하기 위함이었습니다.

대한민국 쌍둥이네 할아버지가 남으로 내려와 공정리에 뿌리내린 지 반세기가 다 되어갈 무렵이었습니다. 이듬해 음력 시월 김 씨네 춘추 시향 날에는 마을 이장님의 권유로 사당에 술잔을 올리기도 하였습니다.

한통일 씨는 돌아가신 아버지가 곡기를 끊던 날을 잊을 수가 없습니다. 이산가족 신청을 하고 얼마나 지났을까?

집으로 보내온 우편물은 남달랐습니다. '대한민국 청와대'라 쓰여 있는 봉투를 조심스레 뜯던 한건수 씨의 손길은 파르르 떨리고 있었습니다. 청와대에서 대통령으로부터 온 편지를 다 읽고 나자 한건수 씨는 손에 들었던 두꺼운 편지지를 스르르 내려놓으며 한마디 하셨습니다.

"이제 그만 살아야겠다."

그 말이 마지막이었습니다. 한 씨는 물론 가족들 모두가 이산가족 신청을 했으니, 북에 계신 가족을 반드시 만나게 되리라 믿고 기다렸습니다. 한 씨의 아버지인 한건수 씨는 북에 남기고 온 가족을 만나고 죽어야 한다며 고래 심줄처럼 버티셨습니다. 부모님 무덤에 절 한 번 올리고 눈을 감아야 한다며 다섯 손가락을 접었다 폈다 하며 부모님과 동생들의 생일을 되뇌셨습니다. 여든이 넘은 연세에도 동생의 이름을 귀가 닳도록 되뇌고 되뇌어 이제는 쌍둥이 아이들까지 기억하고 있습니다. 북에 두고 온 고향의 주소도 가족들은 줄줄 외우고 다녔습니다.

그러나 편지에는 더 기다려 달라, 반드시 통일을 이루어 가족을 만나게 될 날이 올 거라는 내용이었습니다. 명절이나 생일에 가족이 모이면 늘 들려주시던 우물가의 이야기로 한 씨네 집안네들은 지금도 부추는 먹지 않고 살아갑니다.

봉우리가 연이어 솟아 있는 마을이라 하여 연봉리라 이름을 지었습니다. 9대조 할아버지께서 터를 잡고 뿌리를 내리며 대대로 살아오던 마을 한촌은 한 씨가 터를 잡아서 한촌이라 불렸습니다. 마치 닭이 알을 품은 형상이라 살기 좋고 인심 좋기로 소문이 났습니다. 앞집이 큰 집이요, 뒷집의 동생이 서로 어깨를 마주 대고 네 것, 내 것 없이 살아갔습니다. 가장 큰 집의 마당 한켠에는 우물이 있고, 우물 주변으로는 봄부터 가을까지 부추가 숲을 이루어 동생, 아우 할 것 없이 마음껏 베어 먹으며 살았습니다.

어느 해인가, 일이 일어나고 말았습니다. 큰형님의 어린 장남은 유난히 개구쟁이인 데다가 호기심이 많은 아이였습니다. 언제부터인지 마당 한 켠의 우물가 주변에서 놀기를 잘했습니다. 하루는 호기심에 까치발로 우물 속을 들여다보았습니다. 더러는 물고기가 노는 것 같기도 하고, 개구리가 우물 속에서 튀는 것 같기도 하다며 햇빛 잘 비추는 날이면 우물 안으로 고개를 디밀어 우우 소리를 질러 개구리를 놀리곤 하였습니다. 일이 터지려니까 하늘도 우는지, 종일 비가 내렸습니다. 어느 만큼 키가 자란 장남은 까치발 뛰기로 우물 안의 개구리를 잡으려다 그만 실족하여 우물 속으로 빠져버리고 말았습니다. 찰나의 순간, 허둥지둥 건져 올린 장남은 이미 주검이 되어 있었습니다. 그날 덮인 우물의 뚜껑은 열리지 않았습니다. 그해에는 유난스레 우물가에 부추가 많이 자라 숲을 이루었어도 사람들은 가까이 다가가지를 않았습니다. 부추는 해가 가고 달이 가도 제 혼자 나고 자라, 제 혼자 지며 무성해 가기만 했습니다. 세월 지나도 우물의 뚜껑은 단 한 번도 열리지 않았고, 한 씨네 가족들은 지금도 부추는 입에도 대지 않고 살아갑니다.

쌍둥이 엄마는 한여름이면 오이를 소금에 살짝 절인 다음 부추와 무를 버무려 오이소박이 김치를 맛나게 담급니다. 삼복 더위에 오이의 시원함과 아삭거리는 식감은 늘 입맛을 돋우어 주기 때문입니다. 더구나 마지막에 국물에 말아 먹는 국수 맛은 빼어나 식당을 차려도 되겠다며 칭찬을 들을 만큼 일품입니다. 그러나 가족들은 아무도 오이소박이를 그대로 먹지 않았습니다. 부추는 골라내고 오이만을 먹는 것이었습니다. 어려서부터 손맛이 좋다 하여 그녀가 만드는 음식은 누구라도 잘 먹는데, 명자 씨는 고개를 갸웃거리며 늘 부추만을 먹어야 했습니다. 어느 날 남편으로부터 조용히 북에 있는 고향의 우물가 이야기를 들었습니다. 그로부터 그녀 역시 부추로 음식을 만들지 않았습니다.

한 씨는 가슴이 벅차오릅니다. 기억이란 세월이 지나면

희미해질 수밖에 없을 텐데, 한 번도 가 보지 못하였지만, 개미집처럼 그려진 고향 마을의 지도는 그리움이 쌓여가기만 합니다. 한 씨에게 있어서 북으로 가야 하는 일은 너무도 당연한 생의 숙원입니다. 아내가 아이를 갖게 되고 쌍둥이임을 알았을 때 한씨가 무던히도 고민하며 지은 이름 '대한, 민국'은 사실 걱정스럽지 않을 수 없었습니다. 힘에 겨운 이름 때문에 마음 고생하며 살아온 날들을 돌아보며 아이들에게 짐을 떠넘기는 것이 아닐까 염려스럽기도 하였습니다. 그래도 둘이 마음 모아 살아나간다면 문제가 되지 않으리라 기대도 하였습니다. 그러나 신체발부 수지부모(身體髮膚 受之父母)를 강조하시며 수술을 반대하시던 할아버지의 말을 따르는 아들들의 의지는 이 아이들만이 해야만 하는 생의 과업이 있을 거란 확신이 들었습니다. 지금 이 순간이야말로 그때인 것만 같습니다.

한 씨는 마라톤의 결승점에서 아내와 함께 쌍둥이 아들을 기다리는 동안 항아리 속의 지도를 생각했습니다. 사람들의 시선 속에서도 지도 속에 그려진 북한의 큰 댁으로 가 우물에 빠져 허우적거리는 형님을 건져내고, 나무로 지렛대 삼아 받쳐 놨다는 사촌댁의 담장을 고쳐드리고, 한촌의 골목골목을 누비며 집집마다 인사를 드렸습니다.

한 씨는 친척들을 뒤로한 채 남으로 내려왔습니다. 어금니를 물고 입술 끝을 밀어 올린 채 인파를 가로질러 광화문의 세종대왕 동상 앞으로 갔습니다.

자신의 주장을 외치는 사람들 사이로 바느질하듯 돌아다녔습니다. 열기가 뜨거웠습니다. 땅이 흔들렸습니다. 어둠이 내려앉는 거리에서 까만 밤을 맞이하면서도 사람들의 눈동자는 빛이 났습니다. 절실해 보였습니다. 피켓을 높이 든 사람, 나팔을 부는 사람, 꽹과리를 치는 사람, 미술 행동으로 자신의 주장을 나타내는 사람, 한 씨는 격동의 뜨거움에 몸이 떨리고 있음을 알았습니다. 그렁그렁 눈물을 담고 피켓을 치켜드는 사람을 보았습니다.

한 씨는 눈물로 눈물을 보았습니다. 발 디딜 틈 없는 열기 속에서 누군가가 툭 치는 것 같았습니다. 사방을 둘러보았습니다. 생면부지의 처음 보는 사람에게 김밥을 나눠주고 사탕을 던져주고 있었습니다. 한 씨는 고요히 눈을 감았습니다. 평화로웠습니다. 깊은 물 속에 몸을 담근 기분입니다. 조여오는 압력에 가빠오는 숨을 참으면서도 반드시 이루어야만 하는 바람, 한 씨에게 있어서 그것은 오로지 통일이었습니다. 허리가 잘린 단절의 고통에 충격도 잊혀지고 상처마저도 무뎌가는 현실이 안타깝기만 하였습니다. 우렁우렁 부산스러움에 눈을 떴습니다. 아, 거대한 태극기가 하늘을 덮은 채 머리 위로 지나가고 있었습니다. 한 씨도 간절한 마음을 담아 태극기를 올려 보냈습니다.

한 씨는 자기도 모르게 몸이 흔들리고 있음을 느꼈습니다. 정신을 차려보니 아이들이 선두에 서서 사람들의 시선을 온 몸으로 받으며 들어오고 있었습니다. 한 씨는 벌떡 일어났습니다.

서로를 의지한 채 수많은 카메라의 스포트라이트를 받으면서도 흔들림이 없는 모습을 보고 울컥울컥 올라오는 감정을 주체할 수가 없었습니다. 그는 자신도 알 수 없는 힘에 이끌려 아들들에게 다가가고, 그리고 누군가가, 아니 이미 돌아가셨을지도 모를 북쪽의 할아버지가, 남쪽의 아버지가 자신을 이끄는 듯 북으로 달리라고 가리킨 것입니다.

12. 한월순 할머니

조선민주주의인민공화국에서는 당황스럽기만 하였습니다. 당국에서는 군인도 아니고, 그렇다고 무기도 들지 않은 순수 민간인들이, 그것도 뜀박질하다 그대로 북으로 달려오는 중이라는 소식을 접하고 대책을 논의하고 있습니다.

"아 새끼들 미쳤군 기래."

한편으로는 팔짱을 낀 채 코웃음을 치며 티브이만 바라볼 뿐입니다. 그러나 손이 붙은 쌍둥이 형제가 마라톤대회에서 1등을 하고, 계속해서 북쪽으로 치달려 올라온다고 하니 호기심이 생기기도 하였습니다. 어디까지 얼마나 올라오나 두고 보기로 하였습니다. 북과 남이 분단된 지 60년이 훌쩍 넘은 세월, 그 옛날 정주영 씨가 소떼를 몰고 판문점을 거쳐 북으로 온 적은 있었지만, 저렇게 많은 사람이 허락도 없이 떼를 지어 북으로 달려오는 일은 한 번도 없었습니다.

"아 새끼들, 뱃속에 기름기가 끼니끼리 힘이 남아 도는기만 기래."

티브이를 바라보던 고위 간부가 한마디 하였습니다. 막 점심 식사들을 하고 더러는 라디오로 방송을 듣고, 더러는 스마트폰을 검색하던 북쪽의 인민들도 놀라기는 마찬가지였습니다.

옹진군 연봉리에서 고향을 지키며 사는 한통일 씨의 막내 고모인 한월순 할머니는 늦은 점심을 먹다 말고 티브이로 비치는 모습을 보며 벌떡 일어섰습니다. 아나운서의 말대로라면 분명 한 씨임에 틀림이 없다는 것이었습니다. 한 씨는 외성이기에 집안인 것입니다. 오빠와 동생의 생사를 알지 못하고 살아온 지난날들은 갈라진 속살에 소금을 뿌린 듯 쓰리기만 한 세월이었습니다. 안절부절 어찌할 수가 없었습니다. 티브이로 비치는 얼굴로는 알아볼 수가 없었습니다. 한참을 서서 티브이만 뚫어지라 바라보았습니다. 시간이 지나면서 쌍둥이 형제와 그 아버지 얼굴의 골격을 확인한 순간, 그대로 주저앉고 말았습니다. 한 씨 집안의 골격은 자기들만의 특징이 있기 때문입니다. 자기도 모르게 올라오는 서러움을 억제하느라 꺼억꺼억 소리만 터져 나올 뿐이었습니다. 모질게 기다려온 세월입니다. 한월순 할머니는 앞도 뒤도 보지 않은 채 그대로 일어나 달려나갔습니다. 이제는 다리에 힘이 빠져서 달리기는 할 수가 없는 몸입니다. 그래도 몇 걸음 걷다 쉬고, 달리다 넘어지기를 계속하며 허위적 허위적 달렸습니다.

그 옛날 마지막으로 본 언니와 오빠의 모습이 두 눈에 선연히 남아있습니다. 남매를 내려보내면서 엄마가 하시던 말씀이 아직도 귀에 쟁쟁히 살아있습니다.

"모진 세월이다. 어쩌든지 살아만 남아라."

목멘 소리로 그 손을 놓지 못하던 어머니는 기어이 통일을 보지 못하고 두 눈을 감으셨습니다. 어머니께서 위독하시다는 소식을 듣고 가 봤을 때 어머니는 낡은 삿자리 위에 누워계셨습니다. 이미 눈동자는 힘을 잃고 있었습니다. 그러나 오른쪽 검지손가락은 자꾸만 남쪽을 가리키고 계셨습니다. 손을 잡아 내리면 또 올리고, 사력을 다해 올리시기를 반복하셨습니다.

"엄마, 와 자꾸 손을 올리구레?, 마지막 가시는 길 또바기 가시라요."

딸의 말에도 아랑곳없이 남쪽으로 얼굴을 돌리려 애를 쓰며 숨을 몰아쉬셨습니다.

"오마이, 남에 간 오라바이 생각에 이러는 기요?"

묻자마자 어머니의 눈에서는 마른 눈물을 내비쳤습니다.

“걱정 마시라요, 반드시 통일이니 해서 다 만나 함께 살 끼라요, 편히 가시라요.”

마지막 말을 듣고 눈을 감으셨던 어머니의 모습이 눈물 속에 어른거렸습니다. 한월순 할머니는 남으로 내려간 언니 오빠들이 살아만 있다면 언젠가는 반드시 만나게 되리라는 믿음을 저버리지 않고 지내왔습니다.

월순 할머니뿐이 아니었습니다. 사람들이 이 골목 저 골목에서 신발을 끌며, 더러는 맨발로 튀어나오는 사람도 있었습니다. 그런데 하나같이 허리가 구부정한 어르신들뿐입니다. 더러는 밭을 갈다 흙발인 채로, 어떤 할아버지는 지팡이에 의지한 채 골목을 나와 길가로 달려가고 계십니다. 자신들은 깜냥껏 달린다고 하지만 그 걸음걸이는 한없이 늘어지기만 하였습니다.

모두가 그냥 달렸습니다. 필요한 것은 아무 것도 없었습니다. 달리는 사람들의 골 깊은 주름 속으로 언뜻언뜻 눈물이 비치고 있습니다. 산을 지나고 들을 지나고, 때로는 냇물을 건너며 아래로 아래로 달렸습니다. 수많은 인민들이 거리로 나와 뛰는 모습을 전해 들은 당직자들은 사실 자기들도 뛰고 싶은 마음이지만 자제할 수밖에 없었습니다. 팔짱을 끼고 바라볼 뿐이었습니다. 뛰어야 벼룩이지,

철조망이 가로막혀 있는데 얼마나 가겠나 싶은 마음에 그저 바라볼 작정이었습니다.

쌍둥이 아버지인 한통일 씨도 돌아가신 아버지가 뜸벅뜸벅 들려주시던 이야기들을 주마등처럼 떠올리며 달렸습니다. 사선을 넘으며 수도 없이 죽음의 고비를 넘겨야 했던 날들에 대한 기억, 한 씨는 아버지가 늘 하시던 말씀, 북의 가족들 중 누구라도 분명 살아남아 계실 거다, 반드시 때가 올 거다. 이제 얼마 남지 않았다. 더도 말고 덜도 말고 고향으로 가서 핏줄을 찾아 함께 살아라. 한 씨는 돌아가신 아버지의 목소리가 귀청을 때리는 것만 같았습니다.

한 씨는 아버지가 돌아가시기 전에 건네주시던 항아리를 가보처럼 여기며 보관하고 있습니다. 월남할 때 고모님과 단 두 분이 내려오셨는데, 할머니가 삶은 닭을 고추장 단지에 담아주신 것이랍니다. 자칫 잘못하여 깨뜨리기라도 하면 어쩌나 하는 마음에 늘 불안하였습니다. 죽을 고비를 넘기면서도 목숨을 연명하려고 머리에 이고 왔노라며 잘 간직하라시던 고모님의 얼굴이 생생하게 떠오릅니다. 그러면서 그날 함께 들려주시던 이야기는 참 아슬아슬했습니다.

“느이 아버지가 발을 헛디뎌 언덕배기 낭떠러지로 굴러

서 떨어졌느니라. 그런데 하늘이 도운 게지. 산 중턱에 삐져나온 나뭇가지에 옷자락이 걸려 살아났으니. 그때 잘못됐으면 어찌했을지 생각만 해도 아스라하다."

사실 한 씨는 고모님의 말씀이 그때는 와 닿지 않아서 듣기가 싫었습니다. 이 씨들이 모여 살던 마을 이꾸지를 지나 최 씨들이 득세하던 최촌을 지나는데, 그곳은 유난히도 가파른 낭떠러지가 많았답니다. 아버지가 그곳을 지나다 발을 헛디뎌 일을 당하였다는 것입니다.

한 씨는 돌아가신 아버지께서 물려주신 항아리를 마당가의 감나무 밑에 묻어두었습니다. 그 속에는 고향 마을을 손수 그린 지도와 일가친척에 관한 내용을 한지에 적어 두루마리로 말아 담겨 있습니다. 한 씨는 그 항아리가 깨어질까, 닳아질까 조심스럽기만 하였습니다. 명절이면 한 번씩 꺼내어 마치 개미집처럼 그려진 지도를 살펴보았습니다. 아버지가 그러셨듯 손가락으로 짚어가며, 통일되면 찾아가리라 마음먹고 있었습니다.

대한민국의 허리는 이미 구름 같은 인파로 인산인해입니다. 60년이 넘는 긴 세월을 사람들은 감히 다가가지 못하던 곳입니다. 양구를 지나자 군인들의 모습이 보이기 시작합니다. 사람들은 지칠 대로 지쳤습니다. 납덩이처럼 무거워진 걸음이지만 멈추지 않았습니다. 가다 서다, 더러는 눕다 쉬다를 반복하며 여기까지 달려온 것입니다. 지난 시간 비루먹은 개처럼 살아온 비굴한 역사는 피 끓는 사랑으로 하나 되어 녹이면 되는 것입니다.

대한민국 쌍둥이가 지나는 길목에는 어디나 할 것 없이 수많은 인파가 나와 격려해 주고, 손뼉도 쳐주고 있습니다. 그러나 더는 달릴 수가 없게 되었습니다. 무녀리인 대한이의 입술은 부르트고 갈라져 피가 흐르고 있습니다. 더군다나 민국이는 운동화의 바닥이 뜯어져 너덜거리기까지 합니다. 사람들은 서로가 서로에게 연락하여 쌍둥이가 지나는 길목에 서서 기다리고 있었습니다. 의정부를 지나고 동두천을 지나며 평화로를 달리는데, 군인들이 합류하여 대한민국 쌍둥이를 양쪽에서 부추기며 함께 달렸습니다. 그러나 무릎이 굽혀지지 않을 만큼 지친 대한이는 민국이를 잡아 늘입니다. 이제는 한 발짝도 뗄 수 없을 만큼 지쳤습니다. 바로 러너스 하이(runner's high) 증상이 나타난 것입니다. 쌍둥이를 양쪽에서 부축하고 달리던 군인들이 아이들을 냅다 업고 달립니다. 마침 우거지 짬뽕 식당 앞에서 이들을 기다리던 주인이 달려가 대한민국 쌍둥이를 받아 안고 식당으로 들어왔습니다. 대한민국 쌍둥이는 바닥에 그대로 누워버렸습니다. 사장님 부부는 쌍둥이를 하나씩 부추겨 안고 물을 먹였습니다. 함께 달리던 사람들이며 쌍둥이를 기다리던 이들이 식당으로 들어와 장사진을 이룹니다. 식당에서는 이미 음식을 만들어 놓고 기다리던 터라 사람들에게 밥을 먹이고 물수건으로 씻긴 후에 쉬도록 하였습니다. 우거지 짬뽕집이 발 디딜 곳이 없게 되자 옆집의 청국장집이며 칼국수집들도 덩달아 바빠졌습니다. 주방에서는 연신 음식을 만들어 밖으로 내보내고 있습니다.

마라톤시합에 참석하여 함께 달려온 사람들은 식사가 끝나자마자 모두 지쳐 잠이 들었습니다. 선수들이 잠이 든 사이에 어디선가 의사 선생님들이 나타나 청진기로 잠자는 선수들의 몸 상태를 진찰하였습니다. 한 무리는 물수건을 준비해서 잠자는 사람들의 얼굴을 씻겨주는가 하면 물집이 터져 엉겨 붙은 발을 치료하기도 하고, 운동화의 사이즈를 확인하고 새 운동화를 준비해 두었습니다.

한통일 씨는 눈물이 앞을 가려 음식을 먹지 못하고 있습니다. 하루종일 꼬박 뛰고 걷는 동안 발은 부르트고 기진맥진하지만, 피가 끓어 온몸이 뜨겁기만 하였습니다. 거대한 역사의 물결 앞에 자꾸만 목이 메는 것입니다. 잠든 쌍둥이 아들의 곁에 누우니 주체할 수 없이 눈물이 흘러내립니다. 그 순간 고향 마을의 거리거리가 머리에 떠오릅니다. 마음을 다잡아 눈물을 삼키고 진정하려 애를 씁니다. 운동화를 벗자 터진 물집에 양말이 엉겨 붙어 떨어지지를 않습니다. 따뜻한 물에 담근 다음 소독을 하고 여러 사람의 도움으로 쉴 수가 있었습니다.

한 씨는 목숨 하나로 태어나 살아오는 동안 자신의 의지대로 살아진 일이 별로 없다는 것을 누구보다 잘 압니다. 실향민의 자식으로 살아오면서 맨 몸으로 세상과 부딪치면서 오늘까지 오는 동안 알게 모르게 흘린 눈물, 아버지와 할아버지 세대가 살아오신 삶이 주마등처럼 스쳐갑니다. 섬약하게 태어나 누워지내기만 하던 어린 날에는 세상이 너무 높아 어지러웠습니다. 많은 시간을 허비했습니다. 오직 살아남아야 한다는 훈계를 귀에 못이 박이도록 들으면서도 마음처럼 몸이 움직여지지 않아 서러웠습니다. 결혼하여 손가락이 붙은 쌍둥이가 태어나자 낯선 신이라도 찾아 무릎을 꿇고 싶었던 때가 한두 번이 아니었습니다. 그동안 알고도 모르는 척, 들어도 못 들은 척 살아온 날들이 스쳐갑니다. 몸은 잠이 든 것 같은데 흐르는 눈물은 멈추지를 않습니다.

날이 밝았습니다. 대한민국 쌍둥이를 비롯한 선수들은 조르르 서 있는 우거지 짬뽕집, 청국장집, 칼국수집 외에도 마을 사람들이 혹은 군부대에서 만들어 온 음식으로 아침 식사를 마칠 수 있었습니다. 이제 달려야 할 시간입니다. 어머니 아버지가 누워계실 고향 산천을 향해 어떤 세력에도 거칠 것 없이 부모 형제와 함께 살기 위하여 나아가야 합니다. 힘을 얻은 선수들은 다시 뛰기 시작하였습니다. 쌍둥이도 아버지 한통일 씨와 함께 달렸습니다. 어느새 군인들도 함께 달렸습니다. 철원 땅을 지나자 그 옛날 한창이던 탱크가 이제는 녹이 슨 채로 전쟁의 상처를 고스란히 보여주고 있습니다. 총 맞은 구멍마다 부식되고 바숴져서 울고 있습니다. 선수들은 북으로 이어진 길로 끊임없이 달립니다. 흙구름이 온통 하늘을 뒤덮고 있습니다. 민간인 출입통제구역 안으로 민간인들이 거침없이 달려들어 갑니다. 군이나 당국에서는 자신들이 제어할 수 있는 상황이 아니라는 것을 압니다. 북쪽에서도 무장도 하지 않은 채 자신들에게 달려오는 동포를 향해 총을 쏘지는 않을 것입니다. 더구나 남과 북의 정상이 손을 잡았고, 문재인 대통령과 김정은 위원장이 북과 남의 땅을 함께 밟았고, 남과 북을 연결하는 도로가 진행 중인 이 시점에서, 역사는 다시 쓰여져야 한다는 것을 모두 알고 있기 때문입니다.

행렬의 갓길로는 어르신들이 지팡이에 의지하여 휘적휘적 걷고 계십니다. 사람들은 할머니 할아버지들을 번갈아 부축하며 걷다 뛰다를 반복하고 있습니다. 이제 사람들의 발걸음은 느리게 느리게 나아갑니다. 유모차에 몸을 맡긴 할머니의 얼굴에는 눈물이 메말라 있습니다. 자세히 보면 할머니는 눈을 감고 계십니다. 할머니는 오직 고향 땅을 밟아 보고 싶은 마음 하나뿐일 것입니다. 수많은 사람의 고함과 열기에 땅이 들썩여도 할머니는 두 눈을 꾸욱 감은 채 고향의 바람 소리만 듣고 계실 것입니다.

지뢰라고 쓰인 썩은 나무 십자가에는 녹슨 철모가 씌워져 있습니다. 죽어서도 60년이 넘도록 위험지대임을 서럽게 알려주고 있습니다. 철조망으로 가로막혀 불안에 떨던 땅이 사람들의 열기로 녹아내리기 시작합니다. 수많은 사람이 뿜어내는 열기는 하늘도 열리고, 땅도 녹아내립니다. 남쪽과 북쪽의 군인들은 길을 안내하며 지뢰밭이나 위험한 곳에서는 몸으로 막아줍니다. 이 순간은 어떤 언어도 필요치 않습니다. 서로를 사랑하는 마음 그거 하나면 충분합니다.

이제 한 씨를 비롯한 대한민국 쌍둥이, 그리고 마라톤대회에 참석했던 수많은 사람들은 남방한계선인 철조망 앞에 서 있게 되었습니다. 더 이상 달릴 수가 없는 것입니다. 사람들은 철조망 앞에 서자 제 자리에서 쿵쿵 발을 구르며 뛰고 있습니다. 끝도 없이 제자리걸음으로 뛰고 있습니다. 저기 눈앞에 내 나라 내 땅, 내 고향이 있습니다. 앞으로 나아가야 합니다. 그러나 철조망이 가로막혀 있어 더는 앞으로 나갈 수가 없습니다. 그저 바라보기만 할 뿐 다가가 얼싸안지는 못하는 것입니다.

13. 대한민국 통일 중

하늘에서는 예서제서 날아온 두루미들이 사람들의 머리 위를 하얗게 덮으며 쉬임없이 오르고 또 내립니다. 그 중에 한 쌍의 두루미는 날개를 마주 잡은 채 바람을 가르며 부드럽게 날아오릅니다. 어느새 다른 두루미들도 수루미와 여루미를 따라 날개를 마주 잡습니다. 일직선으로 높이 날아올랐다가 다시 수직으로 하강하여 사람들의 바로 머리 위까지 내려와 스치듯 날아오르기도 합니다.

드디어 대한민국 쌍둥이를 포함하여 남한에서 달려온 사람들과 북쪽에서 달려온 수많은 사람들이 마주 보며 서게 되었습니다. 상대방의 얼굴이 또렷하게 보입니다. 그 옛날 북한 괴뢰군이라며, 빨갱이라고 부르던 북한 사람들의 모습입니다. 해마다 6월이 다가오면 미술 시간에 반공 포스터를 그렸습니다. 사람의 몸을 온통 새빨갛게 칠하고 거기에 검은 털을 숭숭 그려 넣었습니다. 북에는 사람이 사는 것이 아니라 괴뢰군이라 칭하는 짐승이 살고, 그들은 모두 죽여야 한다고 배웠던 그 사람들입니다.

참으로 지난한 세월이었습니다. 치욕과 오욕의 오랜 시간을 지나왔습니다. 이긴 자의 힘으로 역사는 쓰인다지만 이제는 달라졌습니다. 순전한 용기 앞에서는 누구도 막지 못하는 것입니다. 바로 눈앞에 피로 나뉜 형제가 죽을 힘을 다해 허위적허위적 기어서 예까지 와 있는 것입니다.

"동해 물과 백두산이 마르고 닳도록…."

인파 속에서 누군가가 애국가를 부르기 시작합니다.

"하느님이 보우하사 우리나라 만세, 무궁화 삼천리 화려 강산…."

누가 시키지도 않았는데 한 목소리가 되어 애국가를 부릅니다. 애국가가 끝나자 다시 시작하고 또 부르며, 철조망을 가운데 두고 서로를 바라보며 목이 터지라 애국가를 부릅니다. 시간이 지나자 '민족통일! 평화통일!'이라고 외치기 시작합니다. 철조망은 여전히 사람들 사이를 가로막고 있습니다. 여기저기서 울음소리가 들립니다. 주체할 수 없는 감격과 울분에 그저 울음을 놓아버립니다. 이제 철조망은 아무 의미가 없게 되었습니다.

"이 웬수년의 철조망."

엉금엉금 기다시피 온 한월순 할머니가 주저앉은 채로

철조망 사이에 손가락을 끼고 흔들어대십니다. 할머니의 한쪽 신발은 어딘가로 사라지고 맨발입니다. 흙투성이에 피투성이입니다. 철조망을 잡은 손에서도 피가 흐릅니다. 그 모습을 지켜보던 사람 중 누군가가 외칩니다.

"철조망을 걷어냅시다."

말이 떨어지기가 무섭게 사람들은 너나없이 철조망을 잡고 흔들어댑니다. 모두가 맨손으로 달려듭니다. 사람들은 어느새 피범벅이 되었습니다. 순간, 한월순 할머니가 그대로 쓰러집니다. 자칫하다가 사람들의 발길에 그대로 묻힐 지경입니다. 사람들이 달려들어 할머니를 부축합니다.

남쪽의 군인들이 사람들을 헤치고 다가오더니 철조망을 잠가 놓았던 아기 주먹만 한 자물쇠에 열쇠를 끼워 넣습니다. 순간 정적이 흐릅니다. 철조망만큼이나 질기디질긴 서러움의 덩어리가 열리기를 기다리는 순간입니다.

닫혀있던 자물쇠를 열었습니다. 숨도 쉬지 못하고 지켜보고 있던 사람들이 달려들어 함께 밀어냈습니다. 드디어 막혔던 길이 열렸습니다. 여기저기서 터져 나오는 환호 소리, 탄식소리, 끓어오르는 기쁨에 못이겨 흐느끼는 사이로 찰칵찰칵 터지는 셔터 소리, 그 위로 땀과 눈물, 먼짓내가 출렁거립니다.

"와 — !"

"통일 — 통일 — ."

열린 문으로 끝없이 밀려가고 밀려오며 통일을 외치는 함성이 하늘을 찌릅니다. 피로 물든 주먹을 높이 치켜들며 쉬지 않고 외칩니다.

"통일, 통일!"

끝없이 이어지는 소리가 대한민국의 허리에서 시작하여 멀리멀리 울려 퍼집니다. 대한, 민국 쌍둥이가 사곡초등학교로 들어서던 순간보다 더한 함성이 하늘을 찌릅니다.

한통일 씨는 벼락 치듯 하는 아우성 속에서도 아들들에게서 눈을 떼지 못하고 있습니다. 아이들의 붙은 손을 바라봅니다. 이제 때가 된 것입니다. 사람들은 누구인지도 모를 사람을 부여안고 기쁨을 나누고 있습니다. 아나운서들은 물론이고 외국에서 온 특파원들까지 모두들 특종을 전합니다.

"대한민국이 지금 통일 중입니다!"

유튜브에는 엄청난 사진들이 올라옵니다. 구글이나 네이버의 검색창에는 빠르게 검색 숫자가 올라가는 중입니다. 실시간 검색어 1위는 단연 '대한민국 통일 중'입니다. '대한민국 통일 중'을 클릭한 사람들은 하나같이 눈이 휘둥그레집니다. 깜박이며 나타나는 사람들의 모습은 온통 흙투성이에 피투성이입니다.

작가의 말

들판을 뛰어놀던 유년 시절

국군의 날 여의도 상공에서 곡예 부리던 비행기를 바라보며 키우던 꿈.

세상은 여전히 높고 아늑하기만 하여

그 꿈이 아직도 설익었습니다.

4계절을 세 번 지나며 묵혀두고 던져두고 다시 다가가 만지며 오늘에 이르렀습니다.

뒤돌아보니 허방다리 디딘 세월이었습니다.

어느새 코앞에 있는 논에서 황금색 옷을 입은 벼가 농부의 손길을 기다리는 만추입니다.

저 벼가 밥이 되고, 내 살이 되겠지요.

우울한 시기

내 살점만큼이나 소중한 작품집을 세상으로 보냅니다.

고개 끄덕여 주시기를.

2019년 11월

전하울의 산자락 밑에서

이귀란